U0105895

詩比歷史更真實？

白耀燦歷史戲劇作品集

下冊

白耀燦 著

商務印書館

詩比歷史更真實？——白耀燦歷史戲劇作品集

作　　者	白耀燦
行政統籌	國際演藝評論家協會（香港分會）有限公司
編務統籌	陳國慧　石育楷＊　楊寶霖
責任編輯	林雪伶
裝幀設計	麥梓淇
內文設計	莫永雄 @Deep Workshop　麥梓淇
排　　版	周　榮
印　　務	龍寶祺
出　　版	商務印書館（香港）有限公司
	香港筲箕灣耀興道 3 號東滙廣場 8 樓
	http://www.commercialpress.com.hk
發　　行	香港聯合書刊物流有限公司
	香港新界荃灣德士古道 220–248 號荃灣工業中心 16 樓
印　　刷	寶華數碼印刷有限公司
	香港柴灣吉勝街勝景工業大廈 4 樓 A 室
版　　次	2024 年 3 月第 1 版第 1 次印刷
	© 2024 商務印書館（香港）有限公司
	ISBN 978 962 07 6731 9
	Printed in Hong Kong

著作權歸屬作者。如欲演出本書劇本，或改編成不同媒體製作，
請聯絡：iatc@iatc.com.hk。

國際演藝評論家協會（香港分會）為藝發局資助團體
IATC(HK) is financially supported by the HKADC

資助
Supported by

香港藝術發展局
Hong Kong Arts Development Council

香港藝術發展局全力支持藝術表達自由，本計劃內容並不反映本局意見。
Hong Kong Arts Development Council fully supports freedom of artistic expression. The
views and opinions expressed in this project do not represent the stand of the Council.

＊藝術製作人員實習計劃由香港藝術發展局資助。
The Arts Production Internship Scheme is supported by the Hong Kong Arts
Development Council.

目　錄

劇照及圖片選輯

一、《風雨橫斜》獨幕劇 (2009)

月英：「我哋冇請咕喱搬嘢嘛。」

星橋：「我參加咗唐才常嘅自立軍！」

星橋:「才常嘅首級掛咗喺漢陽門上面!」之一

星橋:「才常嘅首級掛咗喺漢陽門上面!」之二

阿芳：「八姑爺，我梗係想知喇！我都係中國人⋯⋯」

關父：「我哋關家將星橋交托祢手上⋯⋯」

關父:「我都冇話要革命,我都未講到⋯⋯」

月霞:「媽,你聽,〈詩篇〉72 篇第 4 節⋯⋯」

景良：「呢條辮係我哋中國人嘅恥辱，終有一日，我一定會剪咗佢！」

月霞：「咁我呢？我畢生做傳道人，冇結婚。」

剪辮不易服會成立於 1910 年 11 月 4 日

關元昌及關黎氏夫婦照

元昌公家訓

世世代代篤信基督

教行基督以道扶助

社會貧弱、行醫濟世

學工程以建設國家

關元昌家訓

2011年編導白耀燦與致群劇社全人在關元昌夫婦墓前憑弔

關家後人與致群劇社製作人員於英華女校禮堂合照，2011 年 3 月 12 日

編導白耀燦與關家後人參觀合一堂時於關元昌及關黎氏肖像前合照，2011 年 3 月 12 日

二、《戰火梨園》獨幕劇 (2010)

花艷紅:「你哋唔好再喺度煽風點火喇!」

靚勝華:「你唔好以為你係武生又係叔父,你係咁蠻,我呢個文武生惟有還手咋!」

魯友：「話説三十年代開始，省港嘅梨園出現咗兩個粵劇班霸……」

李凡响：「戲班仲會請我哋呢啲氣都未抖過就已經過氣嘅男花旦仔咩？」

李凡响：「……你哋拉我去差館喇！」

花艷紅（唱）：「又聽得碧欄杆外，像有金蓮步響⋯⋯」

李凡响（唱）：「好一比籠中鳥，插翅不能高飛⋯⋯」

花艷紅:「融會貫通,兼收並蓄,自成一家嘛!」

魯友:「時間啱啱夠鐘,欲知後事如何⋯⋯」

民國曲本《千年萬載》收錄薛覺先親筆題字

社區劇場

一、《風雨橫斜》獨幕劇

(2009)

編導的話

從歷史走進戲劇，讓戲劇重塑歷史

1901 年 1 月 10 日傍晚的結志街，驀地傳來數聲槍響，誓言「驅除韃虜，恢復中華」的興中會首任會長楊衢雲在寓所遭人暗殺；於是，革命黨人，黃夜逃亡⋯⋯

原來中國的辛亥革命源於香江，在中上環的斜路上孕育萌芽！

如今，斜路已成囂鬧的蘇豪區！舊跡何尋？

於是便立意寫一個斜路上的劇本，鈎沉出百年前的沸騰壯歌。

只有約半小時多的獨幕劇，從何入手？順手隨翻香港與辛亥革命的資料，「革命四大寇」的照片俯拾皆見。「四大寇」者，孫中山、陳少白、尤列、楊鶴齡也。再看，坐着的四人背後，明明站着一位年輕人，何以略而不提？或只列出「背站者名關景良（號心焉）」的簡單附註？關景良究是何人？何以與四人合照而不獲稱「五大寇」？追查資料，方知關景良是孫中山的同窗兼室友，心嚮革命，卻又不曾參與行動。何以如此？乃父母之反對也。何以反對？乃基督信仰云云。

而基督信仰之於革命，向有積極投入與不涉政治的兩大看法。一則效基督十架精神，積極投入，甚而獻身犧牲。於是細

翻史料，多番尋索，才驚覺晚清早期的革命，竟與基督徒關係密切，淵源深重！除孫中山外，楊衢雲、謝纘泰、陳少白、陸皓東、鄭士良、區鳳墀、史堅如、黃詠商、徐善亨、溫宗堯、李紀堂、鄧蔭南、宋居仁、宋耀如（宋家姊妹的父親）等等革命志士，以至王韜、何啟、容閎、王煜初等進步知識分子，全數都是基督徒，甚或是教會長老、傳道人，以至牧師！

但基督徒也有不涉政治者，所謂「凱撒的物該歸給凱撒」，而關景良家庭，就是如此取態。關景良的父親是關元昌，有份參與成立香港第一間華人自理教會道濟會堂，祖父關允善更很可能是中國第一位牧師梁發施洗的中國首批共十位基督徒之一。「世世代代篤信基督教，行基督之道，扶助社會貧弱，行醫濟世，學工程以建設國家。」是關家家訓，也是關家以溫和改革抗衡激進革命的拒辭。

關景良夾在其中，何去何從？終於，他創立了「剪辮不易服會」，剪去辮子，卻又仍穿舊服，意在反清而又不全身投入革命行列！

連串的問題、問號、感歎號，已知戲劇性的所在，而人生面對的矛盾與抉擇，更是戲劇的主要元素。

對於人生有着豐富歷練的人來說，與其說「人生如戲」，不若說「戲如人生」；翻開每天的報章，不難發現編劇家也構想不來的情節和人物，比目皆是，此所謂匪夷所思也。真實的人生，有時真的比戲劇來得更戲劇。同樣地，歷史劇要寫得動人，何須歪曲、捏造？在茫茫浩瀚的歷史大流之中，總有題材、總有史實、總有憑據，給你無窮的戲劇性。《風雨橫斜》箇中內容、人物，幾乎全是歷史的真實，我只不過把他們聚焦在一個特定的晚上場景，放在一個藝術空間來處理，便已經充滿戲劇性。

可是，要寫成一齣歷史劇，光是搬上史實，總也不成。戲劇是文學的創作，總要有所構想，有所加工，如人物的語言、場景的渲染，都是戲劇的文學典型。

於是，我便把 1910 年 1 月 10 日的一夜構設成為一個風雨橫斜的晚上，這一個晚上，楊衢雲遇刺是真事，但報訊人向關家急告險境的情節，就是想當然的藝術加工了。至於高陞戲院上演《文天祥殉國》的新派粵劇，以及容星橋的逃亡歸家，都是真有其事，只是文學的創作把時間的先後稍稍挪移，聚焦成一個多事的晚上。

風雨橫斜的晚上，多事的關家，便是從歷史走進戲劇的嘗試，也希望觀眾能夠從欣賞戲劇之餘，加深認識歷史，讓戲劇帶領觀眾，以小見大，由點觀面，從今追昔，隨近溯遠，重塑歷史的圖像。

歷史，消失不了；

塵封、遺忘，都只是歷史長河裏的冬眠、蟄伏；

歪曲、揑造，總不過是真實面前的鬼魅、魍魎！

戲劇發出美善的呼喚，

歷史迎上真誠的和應，

歷史與戲劇，就這樣雙雙活起來，

構成一頁新章，

呈予他的觀眾，

在新的舞台上！

定稿：2010 年

整理：2023 年

劇情簡介

「革命四大寇」的照片中有五人，為甚麼不叫「五大寇」？

後排站立的年輕人是誰？他為何合照其中？

這位年輕人名叫關景良，號心焉，父親關元昌，是中國第一位西法牙醫。

1901 年 1 月 10 日，一個風雨交加的晚上，關元昌與家人從高陞戲院看罷大戲，沿斜路返回般含道的大宅；女婿容星橋早前參加了湘漢唐才常自立軍的起義，失敗，也於是晚逃回香港；輔仁文社社長楊衢雲被清廷派人暗殺，凌晨，關家七子景良匆忙回家，要協助辦理楊衢雲的身後事⋯⋯

一個多事的晚上，促成關元昌父子「剪辮」的念頭。

人物介紹[1]

關元昌 （1832–1912）劇中年齡：69 歲。退休牙醫，香港第一位註冊牙醫，有「中華牙醫鼻祖」美譽，倫敦傳道會長老，1888 年參與成立香港第一間華人自理教會道濟會堂。他是孫中山的義父，兒子關景良是孫中山好友，女婿容星橋加入了興中會，協助孫中山籌劃起義。他不贊同子女參加革命，但卻沒有強烈反對推翻滿清，晚年與胡禮垣、王元琛、吳秋湘、溫清溪、區鳳墀一同號稱「香江六老」，贊助成立剪辮不易服會。死後與其妻合葬於跑馬地香港墳場。

關黎氏 （1840–1902）劇中年齡：61 歲。全名關黎亞妹，關元昌妻，曾任英華女校教員、雅麗氏利濟醫院護士長，法院傳譯。原本是南海望族，太平天國起事，逃難廣州，隨英人來港，入讀英華女校，畢業後留校受聘為教員，是香港第一位女教師，亦是第一位法院女傳譯。與夫關元昌篤信基督教。

關月霞 （1874–1942）劇中年齡：27 歲。關元昌第十女，教會傳道人。終生未婚，以傳道為業。

1　劇中角色除阿芳外，均為真實的歷史人物，生平簡介主要根據容應萸著：〈香港開埠與關家——基督教之傳播與關元昌一族〉。

關月英　（1870–1962）劇中年齡：31 歲。關元昌第八女，教師、助產士、容星橋妻。習西法接生，1912 年領得政府頒發執照，被按立為道濟會堂首位女長老，終身熱心教會事工和社會義工。

阿芳　　關家傭人。

容星橋　（1865–1933）劇中年齡：36 歲。關月英丈夫，清廷第三批赴美幼童，興中會會員，漢口俄國茶行買辦。是中國第一位留學生容閎的堂弟，香港中文大學崇基學院前任校長容啟東的父親。興中會會員，1899 年在漢口籌備起義，被清廷偵破，經上海逃往日本。武昌起義後，容星橋獲任為廣東省交通司副司長兼都督府籌款委員。民國建立後任孫中山的高級顧問。1913 年孫中山討袁「二次革命」失敗，容星橋離穗返港。回香港後，容星橋任職華民政務司署，兼多家報紙的翻譯。

周昭岳　（生卒年份待查）輔仁文社社員，興中會會員。

關景良　（1869–1945）劇中年齡：32 歲。關元昌第七子，註冊西醫，孫中山在香港西醫學院的同學、宿友。常與「四大寇」暢談革命事業。由於父母反對，沒有直接參與革命，但與孫中山等革命志士保持着友好關係。1910 年成立剪辮不易服會，作為對滿清政府的無聲抗議。關景良是香港中華醫學會（香港醫學會的前身）及香港養和療養院（養和醫院的前身）的創辦人之一，歷任華商會所值理、主席，香港油麻地小輪公司主席等職。

劇本

獨幕劇
《風雨橫斜》
（粵語版）

皇后大道原來叫大馬路，
大馬路原來是海岸線；
海岸線向上望，
是一條條長長的斜路，
斜路上，
每一拾級，每一踏步，
盡是前人的足跡，
歷史的印記。
可是，
足跡褪色，
印記模糊，
只餘下數塊紅底白字的紀念牌匾，
在遺忘的渾噩與拆建的狂飆中奄息着。

猶幸，
行人碌碌，
在依然喘不過氣的腳步、
和抹之不盡的汗水中，
側耳細聽，
依稀可聞百年前的奔走呼號，
隱然仍見世紀初的沸騰鮮血。
讓我們還奄息以生命，
踏步斜路，
在風雨橫斜的晚上，
重現百載先賢的掙扎和犧牲。

時：1901 年 1 月 10 日夜

地：般含道關家大宅大廳

人：關元昌、關黎氏、關月霞、關月英、阿芳、容星橋、周昭岳、
　　關景良

【幕閉。】

【背景音樂。】

月霞　　（畫外音）

　　　　皇后大道原來叫大馬路，

　　　　大馬路原來是海岸線；

　　　　海岸線向上望，

　　　　是一條條長長的斜路，

　　　　斜路上，

　　　　每一拾級，每一踏步，

　　　　盡是前人的足跡，

　　　　歷史的印記。

　　　　可是，

　　　　足跡褪色，

　　　　印記模糊，

　　　　只餘下數塊紅底白字的紀念牌匾，

　　　　在遺忘的渾噩與拆建的狂飆中奄息着。

　　　　猶幸，

　　　　行人碌碌，

　　　　在依然喘不過氣的腳步、

和抹之不盡的汗水中，

側耳細聽，

依稀可聞百年前的奔走呼號，

隱然仍見世紀初的沸騰鮮血。

讓我們還奄息以生命，

踏步斜路，

在風雨橫斜的晚上，

重現百載先賢的掙扎和犧牲。

【背景音樂淡出。】

【幕啟。射燈照亮着「關家家訓」。】

眾子女　（畫外音，朗讀關家家訓）「世世代代篤信基督教，行基
　　　　督之道，扶助社會貧弱，行醫濟世，學工程以建設國
　　　　家。」

關父　　（畫外音）以上係我哋關家嘅家訓，蒙神保守，阿門。

【背景音效：先是高陞戲院粵劇鑼鼓聲，隨後混入風雨聲，風雨
聲漸大。】

【全台燈光稍亮，觀眾可見關家大廳中西合璧的擺設：台後方中
央置一供桌，桌上放有大型十字架座及精裝和合本《聖經》，對
上的牆壁懸掛着寫有「關家家訓」的鑲裱，台正中擺放了一套酸
枝木圓桌櫈，台左是西式茶几配一對靠背椅，台右前方是一扇觀
眾看不見的大窗，台右側是通往大門的玄關，台左側通往內室。
這是一個香港開埠早期的華人基督徒家庭。】

月霞　　（畫外音）媽呀，點解咁早走啫？齣戲咁好睇！

關父　（畫外音）算喇！轎夫！般含道。後面三頂轎都係。由高街上喇！

轎夫　（畫外音）知道！咦，關生，咁早走？未散場噃！齣戲唔好睇呀？

關父　（畫外音）唔係，太太話要走先，冇法喇！快啲起轎喇，好大雨。

轎夫　（畫外音）喲！（向後面三輛轎的轎夫喊叫）般含道！高街上！小心呀，今晚斜路好跣呀！唔好蹭親關太太同兩位小姐呀！

眾轎夫　喲！

【台燈全亮。】

【關父、關母、月英、月霞自外返抵般含道關家大宅。進門，阿芳迎候，接過雨傘。各人除下頸巾，掛放在衣架上。月英急忙逕入內室。】

關母　又濕又凍，阿芳，快啲沖壺熱茶出嚟！

阿芳　係，太太。（入內）

【月英從內房出。】

月霞　啟東點呀？

月英　瞓咗嘞。

關父　（望窗外）又會一月都咁大風大雨嘅！唔通時勢變咯，連天氣都變埋？

關母　　今晚有啲特別，頭先喺高陞戲院出嚟，由大馬路一直上
　　　　到嚟般含道，雖然咁夜又落咁大雨，但係斜路度人上人
　　　　落，個個都好似行色匆匆咁……

關父　　落雨就梗係行快步喇！

關母　　唔係哩，個個都好生面口咁，平時唔係咁㗎！仲有，上
　　　　咗輛咁耐，我總覺得好似有人跟實我哋咁。

月英　　係呀，我都見到呀，摟住件雨笠，好似個咕喱咁樣㗎！
　　　　十妹，你覺唔覺呀？

月霞　　我唔覺，我仲諗緊頭先齣戲。

關父　　咪疑神疑鬼喇，我就唔覺嘞。

關母　　你就梗係唔覺喇，成個心都迷晒喺齣戲度，唔捨得走！

關父　　咁人哋係做得好吖嘛，個個腳色都做得好，又好腔口，
　　　　又好關目，最緊要就係劇情好，啲新派戲真係有意思！
　　　　你又係嘅，既然去咗睇，咁好睇都唔睇埋佢！

阿芳　　（從內出）飲茶，老爺、太太。

關母　　就係弊在太有意思！乜嘢《文天祥殉國》喎，前一句抵
　　　　抗蒙古，後一句驅逐胡虜。做埋啲咁嘅戲！而家咩時勢
　　　　啫？好棹忌㗎嘛！你唔覺得唔妥咩？

關父　　冇呀，冇咩唔妥呀！睇戲之嘛。呢度係香港，係英國殖
　　　　民地，滿清政府唔敢亂嚟嘅。我本來都冇諗住睇，李鴻
　　　　章而家喺北京同八國聯軍嘅代表談判緊，都唔知會點，
　　　　邊有心機吖？……

阿芳	咁又係呀，嗰啲義和團，拜幾下偶像，唸幾句符咒，就話刀槍不入喎，都呃我唔到喇！最衰仲係慈禧，仲搞到要同人哋八國聯軍開戰喺，真係妖孽咯！
關母	阿芳，你喺呢度講就好喇，外面就唔好亂講嘞。呢度雖然係香港，不過都會有清廷密探㗎！
阿芳	吓？
關父	你咪嚇佢喇！
關母	返入去做嘢喇！

【阿芳入內。】

月霞	唉，義和團！又燒《聖經》，又拆教堂，又殺教士，總之入面教會嘅牧師同弟兄姊妹就慘喺喇。
月英	入面立立亂，真係令人擔心。
關父	咁咪係咯！係景良特登買飛，話俾我哋散吓心之嘛。個仔咁孝順，咪順吓佢意囉！
關母	仲好講，景良唔知搞乜鬼，請我哋睇埋啲咁嘅新派戲，自己臨時又話有事唔去睇，我硬係覺得今晚有啲唔妥……
月霞	係囉，今晚個戲班係陳少白大哥搞嘅，要喺啲舊題材裏面搞新意思，呢啲「志士班」嘅戲，照計七哥實會嚟捧場㗎，因乜事咁緊要唔嚟呢？
關母	就係呢個陳少白我先至擔心！景良同陳少白、尤列、楊鶴齡同馬騮孫佢哋班人成日走埋一齊，當年讀醫嘅時

候，人哋影「四大寇」嘅相佢又企埋喺後面，好彩啲人冇話五大寇咋，唔係就會好似馬騮孫咁俾清廷通緝，變咗有家歸不得，要四處逃亡！元昌，好心你勸吓你個仔喇！俾心機做好個醫生咪好囉！

月霞　媽呀，咪開口埋口都馬騮孫咁喇，逸仙大哥好有抱負㗎，計我話中國要有咁嘅人先至有得救。

關母　或者係嘅，咁佢要革命咪自己去革到夠囉，唔好引埋我個仔吖嘛！佢去革命唔做醫生，景良就做醫生唔去革命。都要有人做醫生㗎！

關父　係囉，做醫生都係救人啫。家陣個仔咪聽我哋講冇加入興中會囉⋯⋯不過，咁嘅時勢，真係好難講咯。

月霞　（發覺月英靜坐一旁，似有心事）咦，八家姐，點解咁靜呀？成晚都唔多出聲。係咪掛住八姐夫呢？

月英　三個月嚟我都冇收過佢嘅信。

關母　星橋喺漢口幫俄國茶行做買辦，梗係好忙㗎嘞。咁咪好囉，喺租界同洋人做生意，咪穩穩陣陣囉。

關父　你唔使擔心嘛，星橋以前喺美國留學，識得點照顧自己嘅。

月英　嗰陣佢係官費留學生，朝廷有專人打理佢哋，又有佢堂大佬容閎照顧⋯⋯雖然租界地方，話就話係安全，其實亦係好危險嘅，人人都諗住清廷管唔到，就做乜都得。星橋佢⋯⋯

關母　（安慰）你又諗咗去邊呀，唔使咁擔心喎！星橋叻仔嚟嘅。

月英　……我總覺得頭先跟住我哋嗰個咕喱有啲特別，唔通……

【敲門聲，各人愣住，阿芳出。】

阿芳　咁夜，邊個呀？

關母　阿芳，小心啲，唔好立亂開門呀！

阿芳　（隔門問）邊個？

星橋　（門外）請問請唔請咕喱搬嘢？

【各人驚。】

阿芳　（向屋內）問請唔請咕喱搬嘢喎！

關母　咕喱佬！密探？

月霞　媽，你唔使咁緊張嘛，唔通睇齣戲都有密探嚟拉？

關母　冇呀，冇請咕喱呀，叫佢走喇！

月英　咪住，把聲咁熟？（行近門後）我哋冇請咕喱搬嘢嘛。你邊度嚟㗎？

星橋　漢口嚟嘅咕喱，嚟搬茶葉嘅。

月英　漢口，茶葉？係星橋呀！（開門）

星橋　月英！

月英　星橋！真係你！（二人擁抱，月英為星橋除下雨笠，交給阿芳）

關母　星橋！

關父　星橋！你唔係去咗漢口辦茶葉咩？點解……

【星橋與關父握手，又向關母鞠躬，和月霞點頭。】

關母　乜你扮成個咕喱咁？

星橋　我喺漢口走佬落嚟㗎！

關母　走佬？阿芳，快啲斟杯熱茶俾姑爺定吓驚！

阿芳　哦！（往斟茶）

關母　（向星橋）坐低先！快啲同我哋講發生咗啲咩事！

【星橋坐。】

關父　你犯咗乜嘢事要走佬？

星橋　（站，嚴肅地）我參加咗唐才常嘅自立軍！

【各人嘩然。】

關母　乜你咁大膽！

月英　你真係去革命？

關父　我都話咁嘅時勢係好難講咯。

月英	我都一直驚住你會，估唔到你真係。你冇諗過我同啟東咩？

星橋	我就係諗住，先至咁危險都返嚟見你哋！啟東呢？

月英	啟東瞓咗覺嘞！而家先至話諗住個仔？係諗住嘅就唔會走去革命喇！唔通你想個仔冇……（悲泣起來）

星橋	你都識得話革命喇！八國聯軍呀！清廷冇得救嘞！唔通我哋中國人條命註定係咁？要做亡國奴？我就係要革走班滿洲佬，等你同啟東將來有好日子過！

月英	今日都唔顧，仲話諗將來？（哭）

星橋	我就係諗將來，今日嘅日子先有意義！

月英	今日？要今日過得到先得㗎！

關母	Touch wood！月英，星橋都返咗嚟咯，咪冇事囉！一家團聚咪好囉！

18　【阿芳遞茶。】

阿芳	飲啖熱茶吖，八姑爺。

星橋	唔該。其實我早喺五年前已經加入咗興中會！（各人愕然）呢次係逸仙叫我做湘漢嗰邊嘅負責人，配合自立軍嘅起義計劃。點知起義嘅錢冇嚟到，有人又自己單獨行動，咁咪俾張之洞輕易擊破囉。

關父	呢啲《循環日報》都有報導，但點都估唔到你係其中一分子！

月霞　　爸爸，你都話咁嘅時勢係好難講咯。

關父　　係啫，但係太激進喇！

月英　　結果咪冇咗條命囉！

星橋　　係，係冇咗條命。（望着窗外橫斜的風雨，感觸起來）
　　　　唐才常臨刑前留低咗咁嘅詩句：「七尺微軀酬故友，一
　　　　腔熱血濺荒丘。」死嘅唔止才常一個，一齊問斬嘅有
　　　　十一人，才常嘅首級掛咗喺漢陽門上面！

月霞　　「一腔熱血濺荒丘」！

關父　　唉！

阿芳　　斬頭嗰個叫咩話？咩「財」話？

星橋　　係唐才常。咦，芳姐，你都想知？

阿芳　　八姑爺，我梗係想知喇！我都係中國人，對於呢啲為我
　　　　哋老百姓犧牲嘅烈士，我阿芳向來都最敬佩！所以我要
　　　　問清楚，我要記實佢哋嘅名。之前有陸皓東，呢次係唐
　　　　才常……

關母　　以後仲會有好多喺，你點記得咁多？推翻朝廷？要死幾
　　　　多人？

月霞　　但係唔革命，仲要死更多人！

關父　　可唔可以唔使死咁多人呢？唔死人，得唔得？一步步，
　　　　慢慢改囉。

星橋	岳父大人，我哋改咗好耐喇！由洋務運動開始，我哋改咗幾十年喇！改咗啲乜吖？
關母	作反喎！係都唔係我哋做喇。我哋係基督教嘅家庭，你外父四兄弟都係教會嘅長老。耶穌都話：「凱撒的物當歸給凱撒」。政治嘅嘢，我哋唔好理咁多，亦唔理得咁多。
關父	所以我咪要你哋學醫、學工程，咁一樣幫到社會幫到國家啫。我有九個仔五個女，個個唔係西醫、工程師，就係做海軍，做海關，或者係做教師，有好多個更加幫教會做事，都算得係榮神益人吖？呢啲就係我哋關家嘅家訓⋯⋯
星橋	但係⋯⋯
月英	你仲但係？仲唔入去睇吓個仔？

【星橋正要入內，門外傳來三下特別的拍門聲。各人驚恐。】

關母	呢次真係密探？點算好？我都講咗 touch wood 喇！
月英	星橋，快啲匿埋⋯⋯
月霞	不如喺後門走。爸爸，你有名望，拖住先⋯⋯
關父	我用英文同佢哋講，清政府呢個時候對有外國關係嘅人會避忌啲嘅。
關母	我都講埋英文，月英，月霞，你哋都係，就好似我哋全家都係講英文咁。All right? Let's speak English!
月英	咁你唔見吓啟東先？

月霞 　　趕唔切喇！阿芳，隔住大門問多幾句先！

阿芳 　　哦！

關母 　　Sit down!

【阿芳正要前往大門，星橋亦正要走向後門，門外再傳來三下特別的拍門聲。】

星橋 　　等陣⋯⋯（按着門外拍門聲的節奏拍掌）

【門外的人再以同樣節奏回應。】

星橋 　　（向門外）驅除韃虜⋯⋯

昭岳 　　恢復中華⋯⋯

星橋 　　創立⋯⋯

昭岳 　　合眾政府。

星橋 　　唔使驚，自己人！（開門）

昭岳 　　（拿着雨傘入）唔好意思，咁夜打擾⋯⋯（詫異）星橋，乜你返咗落嚟！

星橋 　　係呀，昭岳，我掛住屋企人，所以返咗嚟屋企先，我諗住聽日就會落去《中國日報》（報社）報到。呢，同你哋介紹，呢位係周昭岳，興中會嘅人。

關母 　　興中會！Shh！（示意要輕聲）

昭岳 　　漢口嗰面點呀？

星橋 　　我哋嘅人冇事，全部走甩，但係維新派嗰邊嘅人就⋯⋯

月霞　　呢位周大哥，咁夜嚟……

昭岳　　我係嚟搵景良，有緊急事要通知佢！

關父　　景良唔喺度噃，有乜緊急事？我係佢爸爸。

昭岳　　關先生，今晚楊衢雲喺結志街屋企度俾上面落嚟嘅人開
　　　　槍打傷……

星橋　　點解會咁？

昭岳　　挨晚嗰陣，楊大哥喺屋企正準備等學生上嚟教佢哋英
　　　　文，清狗嘅密探衝入嚟，向佢連開三槍……

月霞　　咁楊大哥而家點呀？

昭岳　　而家喺國家醫院度急救緊，生死未卜。

月英　　咁佢屋企人呢？

昭岳　　當時楊大哥抱住細仔玩緊，好彩佢及時推個仔落枱底，
　　　　個仔就冇事，但係佢就中咗三槍，楊夫人跟住衝出嚟，
　　　　但係個兇徒就走咗咯。

關母　　真係牙煙咯！

關父　　你嚟係……？

昭岳　　我係嚟通知景良，而家風頭火勢，叫佢要小心啲。

關母　　（驚）乜景良都入埋興中會？我咪話咗……

昭岳　　唔係。景良唔係我哋黨員，不過佢同我哋咁熟，尤其係
　　　　孫大哥嚟，讀醫嗰陣係同學又係同房，而家佢哋暗殺楊

衢雲，下一個就會係孫逸仙。佢哋搵唔到孫大哥，好可能嚟搵景良，對佢⋯⋯

關母　景良唔係四大寇嘛，幅相佢咁啱企埋一齊影之嘛⋯⋯

月霞　媽，唔使咁驚，幅相七哥佢哋自己影啫，又冇周圍傳，冇人睇到嘅！反而八姐夫⋯⋯

關父　係呀，星橋，咁嘅環境，此地不宜久留。

昭岳　唔⋯⋯咁喇，我而家即刻同你走落去蘭桂坊，嗰頭有好多行船館，和記棧有我哋嘅人，佢哋有好多窿路，搵船離開香港先，再⋯⋯

月英　咁坐船去邊度？

星橋　先去上海，嗰邊有容閎大哥會接應我，到時再想辦法去日本。月英，啟東就麻煩你多費心力照顧嘞！

昭岳　我諗要快啲行嘞⋯⋯

阿芳　唔好，你哋兩個男人一齊去，太着跡嘞，有乜事仲⋯⋯不如我陪八姑爺落去，和記棧下面有好多生果檔，就當係關家請咕喱落去和記棧托生果之嘛！

昭岳　呢位大姐真係諗得到，一於咁喇，事關我仲要趕返去士丹利街報館度幫手緊急撤退。對唔住，我真係要走喇。各位，保重！（走）

關父　阿芳，咁你哋都要行嘞，唔好拖嘞。

月英　我都去！

關父　　你唔好去嘞，出面唔知乜環境。

關母　　由得佢喇，陪多一陣得一陣吖嘛。個老公啱啱返嚟，櫈都未坐暖就話要走咯！

月霞　　唔怕嘅爸爸，就當小姐請咕喱買生果，帶埋個工人去服侍囉。

星橋　　（握着月英的手，向關父求情）岳父大人⋯⋯

關父　　（不忍，改變主意）咁小心啲呀！如果今晚冇船，咁月英就同阿芳返嚟先，星橋喺蘭桂坊度等，等幾多日都好，千祈唔好返上嚟，危險呀！

阿芳　　放心喇，老爺，革命我阿芳唔識啫，上上落落買吓生果我識嘅！

關母　　係咁喇，快啲去咯。

星橋　　（正要起行，折回頭）我想見吓啟東⋯⋯

關母　　咁快啲喇。

關父　　唔好喇，嚟唔切喇，走喇！走喇！

【星橋與月英、阿芳走。】

【關父隔着大窗目送他們在風雨中從斜路往下走去。】

【家裏只剩下關父、關母和月霞三人。頓。】

月霞　　爸爸、媽，我哋祈禱！

關父　　好。

【關父、關母和月霞齊站在十架前。】

關父 掌管天地萬物、滿有能力嘅父神,充滿公義、仁愛同憐憫嘅主,我哋關家將星橋交托祢手上,求祢伸出你嘅膀臂,協助佢盡快脫離險境。奉主耶穌基督嘅聖名祈求。

仁 阿門。

月霞 希望楊大哥佢救得返。

關母 唔怪得之今晚斜路上咁特別喇!人上人落,原來發生咁多事!

關父 我有份成立道濟會堂,喺香港終於有一間我哋華人自己嘅教會。我係香港第一位註冊牙醫,有四個仔係西醫。我哋關家出錢出力,醫人嘅壞牙,醫人嘅病,仲醫埋人嘅靈魂喺,但係滿清嘅腐敗,我哋點先至可以幫手醫?唔通真係要⋯⋯

關母 你唔好話要革命呀!點解個個都話要革命?洪秀全夠話革命喇!佢害死我全家!

關父 我都冇話要革命,我都未講到⋯⋯係咯,洪秀全夠話要建立太平天國喇!革命革得好就話啫,革得唔好,唔單止革咗條命,連成個國家民族都會遭殃呀!

月霞 洪秀全個天國邊度太平吖!佢係假嘅基督徒,佢講嘅嘢都係神奇怪誕嘅。但係孫大哥同楊大哥就唔同喇,佢哋唔單止要推翻清廷,仲主張要結束帝制、建立共和,真係一針見血,好有見地呀。

關父 月霞,你或者講得冇錯,但係要我哋關家嘅人拋個身去⋯⋯始終⋯⋯

關母　　月霞，你喺度講好嘞，你千祈咪學佢哋……唉，總之我唔俾佢哋喇！

【門開，景良匆匆入，欲逕往內室……】

關父　　（喝住）景良，點解咁夜？戲都唔睇，而家已經係第二日嘞。

關母　　景良，你去咗邊度呀？出面好亂呀！大家好擔心你呀！

景良　　你哋都知楊大哥嘅事？

關父　　知，係興中會有位周昭岳特登走嚟通知，叫你要小心！

關母　　星橋都返咗嚟呀。原來佢入咗興中會，仲參加咗乜嘢自立軍！

月霞　　而家去咗和記棧，等緊船走。

景良　　星橋嘅事我知。佢走甩咗返嚟？咁都好啲！

關母　　你點知喫？你都係革命黨？

景良　　媽，你放心，我冇加入到興中會，我知你會反對，不過我支持佢哋，我同佢哋好熟。爸爸，我係姓關嘅，我記得我哋嘅家訓，我做醫生，我唔會做革命黨。

關父　　不過咁嘅時勢，真係好難講……

關母　　你講乜嘢呀？個仔都話唔革命咯！呢，星橋而家要走佬嘞！

景良　　星橋喺和記棧度應該安全嘅。不過楊大哥……

月霞　　　楊大哥點呀？

景良　　　楊大哥已經返咗天家嘞！

月霞　　　楊大哥死咗？

景良　　　係，彈頭雖然攞咗出嚟，但都救唔返⋯⋯（觸動）楊衢
　　　　　雲已經殉國嘞！我哋要記住呢一日，1901 年 1 月 11
　　　　　日，呢一日係我哋香港人第一個喺自己嘅地方為中國革
　　　　　命犧牲，香港人唔能夠忘記。

關母　　　我都話喇，推翻朝廷喎，要死幾多人？（拿《聖經》）〈彼
　　　　　得前書〉都講：「你們作僕人的、凡事要存敬畏的心順
　　　　　服主人⋯⋯」

關父　　　對於神，我哋係僕人；對於政府，唔通我哋甘願永遠做
　　　　　奴才？

月霞　　　（取過《聖經》，即翻）媽，你聽，〈詩篇〉72 篇第 4 節：
　　　　　「他必為民中的困苦人伸冤、拯救窮乏之輩、壓碎那欺
　　　　　壓人的。」（再翻《聖經》）〈詩篇〉94 篇第 16 節：「誰肯
　　　　　為我起來攻擊作惡的‧誰肯為我站起抵擋作孽的。」楊
　　　　　大哥、逸仙大哥、八姐夫佢哋，就係肯為神企出嚟嘅
　　　　　尖兵！

景良　　　十妹你講得啱。我唔講咁多嘞，我馬上要走⋯⋯（轉身
　　　　　正要進往內房去⋯⋯）

關母　　　景良！

景良　媽，你放心，我唔做尖兵，但係我都可以做後援啩？我返嚟係要攞啲錢，我要即刻趕過去道濟會堂，大家都唔想楊大哥嘅家人受到牽連，我同謝纘泰約咗何啟老師、王（煜初）牧師，區（鳳墀）長老佢哋一齊出面，要盡快為楊大哥殯葬。

關母　你驚人哋屋企人受牽連，咁唔通你自己又唔怕受牽連咩？

景良　唔怕得咁多㗎嘞。媽，如果你連後援都唔俾我做，我點對得住為我哋做尖兵嘅朋友？我醫務所嗰塊「仁心仁術」牌匾又點掛得出嚟呀？

關父　唔怕嘅，太太。何啟佢哋係社會名流，謝纘泰又係華商會所嘅發起人，華商會所嘅主席係何東喎，王牧師、區長老又係教會嘅人，清廷唔會對佢哋點嘅。

關母　我始終都係擔心……

28

關父　咁嘅時勢，唔擔心得咁多嘞！

景良　爸爸、媽，你哋放心，我應承你哋，我一生人，都唔會加入革命黨，唔會去搏命。但係，呢條辮係我哋中國人嘅恥辱，終有一日，我一定會剪咗佢！

關父　我都會！

【燈暗。】

【關父、關母、景良下場，剩下月霞一人留在台中。】

【背景音效：風雨聲。風雨聲漸細，轉入悠和、靜恬的音樂。】

【燈亮。】

月霞　（向觀眾）

剛剛一年後，即係 1902 年 1 月 11 日，媽媽過咗身。差唔多九年之後，1910 年 11 月 4 日，七哥發起嘅「剪辮不易服會」終於成立。「剪辮不易服」，顧名思義，係剪去象徵滿清統治嘅長辮，但係就仍然着住傳統嘅中國衫。大會宣言話：「剪髮不易服實我族復強之先聲，吾國中興之前奏。」爸爸仲係贊助人嚇。大會舉行嘅地點，呢，就喺下面皇后大道中 64 號二樓華商會所禮堂。為咗隆重其事，當日請咗愛爾蘭樂隊 120 人奏樂行禮，到會嘅紳商名流有五、六百人，會後仲一齊喺香港島嘅馬路遊行嚇！

1912 年 1 月 1 日，中華民國成立，革命終於成功喇。十二日後爸爸亦都過身，同媽媽合葬喺跑馬地香港墳場，係當時少數獲准喺殖民地墳場落葬嘅華人。

香港墳場，楊大哥亦都係葬喺嗰度。當晚七哥離開屋企之後，便連隨同佢哋一班朋友打理楊大哥嘅後事，兩日後，就舉行葬禮。直到 12 月 23 日才立碑，碑上無字，無名無姓，只係喺碑座底刻有 6348 嘅編號。

七哥始終冇加入革命黨，佢一直行醫，後來發起成立「中華醫學會」，又係養和醫院創辦人之一，歷任華商會所值理、主席，同埋香港油麻地小輪公司主席嚇，都算得上榮神益人啩？

八姐夫喺上海返嚟之後從商，唔再活躍喺革命運動嘅台前，但係佢一邊做生意，一邊仍然為革命做幕後嘅財務工作。八家姐就喺民國成立嗰日，即係 1912 年元旦，獲香港政府頒發西法接生證書，成為香港第一位正式嘅助產士。

咁我呢？我畢生做傳道人，冇結婚。

【燈暗。】

【悠和、靜恬音樂繼續，直至幕閉。】

【全劇完。】

劇中提及的革命先驅

（依出生年月序）

楊衢雲 （1861–1901）福建海澄人，廣東虎門出生。在香港入
讀聖保羅書院，曾任聖若瑟書院教員、招商局書記長、
洋行副經理等職。1892 年與謝纘泰等人在上環百子里
成立輔仁文社，以「開啟民智」為宗旨。1895 年，協
助孫中山在香港設立興中會總會，被選為首任會長，與
孫中山一起策動廣州首義，及參與領導 1900 年惠州起
義。失敗逃亡海外，後回港以教授英語維生。1901 年
1 月 10 日在香港結志街住所為清廷派人刺殺，翌日凌
晨不治。葬於香港墳場，墓碑上無姓名，無生卒年份，
只列編號「6348」。

尤列[1] （1865–1936）廣東順德人，入讀廣州算學館，結識孫
中山，來港後，常與孫中山、楊鶴齡、陳少白等暢談革
命，人稱「四大寇」。先後參加廣州起義和惠州起義的
籌劃工作。與孫中山逃亡日本時，手定「中華民國」國
號。民國時期，反對袁世凱稱帝，出任孫中山護法軍政

一、《風雨橫斜》獨幕劇（2009）

---

1 尤，是尤的本字，俗以尤為姓。尤列因決心革命，為怕連累族人，乃
恢復尤字的本源。（尤嘉博：〈尤氏考證〉，《尤烈集》，1987 年初版，
2002 年修訂版）

府顧問。後脫離政界，南返香港，提倡孔教。1936年病逝南京。

孫中山 （1866-1925）名文，號逸仙，曾化名為「中山樵」，國人多以「中山」稱之。廣東香山人，先後在檀香山及香港接受西式教育，畢業於香港雅麗氏利濟醫院附設之香港西醫書院。1894年在檀香山創立興中會，翌年遷港設總會。1905年在日本東京與光復會、華興會合併成立同盟會，領導革命，推翻滿清，建立民國，就任中華民國首任臨時大總統，三個月後辭職。民國政局混亂，乃組中華革命黨，再改組為中國國民黨，提出「聯俄、容共和扶助農工」三大政策，促成第一次國共合作。1925年病逝北平。

陸皓東 （1867-1895）廣東香山人，與孫中山同鄉，是兒時玩伴，1883年與孫中山同於香港公理會受洗為基督徒。畢業於上海電報學堂。1895年參與廣州首義，手繪「青天白日旗」為革命軍旗。後起義事敗，殉難就義，是為革命犧牲第一人。

唐才常 （1867-1900）湖南瀏陽人，與譚嗣同等發起創立南學會，主編《亞東時報》，籌劃武裝勤王。1900年，義和團事起，與沈藎、畢永年等組織自立會，自任總司令，失敗被捕，臨刑前留下「七尺微軀酬故友，一腔熱血濺荒丘。」詩句。

楊鶴齡 （1868-1934）廣東香山人，與孫中山、陸皓東同鄉，自幼相識。1886年入廣州算學館，與尤列同窗。1888年畢業後到香港，在父親開設的楊耀記建築店內，與孫

中山、陳少白、尤列日夕往還，高談反滿種族思想，人稱「四大寇」。1895年加入興中會，協助籌募經費，宣傳反清行動。辛亥革命後移居澳門。民國期間，仍有繼續協助孫中山革命工作。1934年病逝澳門。

陳少白 （1869–1934）廣東新會人，生長於廣州基督教家庭，入讀格致書院。後在香港西醫書院認識孫中山，與尤列、楊鶴齡四人被稱為「四大寇」。加入興中會，參與廣州起義，創辦《中國日報》，成立「采南歌劇社」，編演新戲，改良粵劇，宣傳革命，號稱「志士班」。1905年同盟會香港分會成立，任首任會長。1911年任廣東軍政府外交司司長，民國後，繼續協助孫中山革命工作，晚年致力家鄉建設。1934年病逝北平。

謝纘泰 （1872–1938）本名贊泰[2]，聖名聖安，廣東開平人，生於澳洲雪梨基督教家庭，1887年隨家人到香港定居，入讀中央書院，1892年與楊衢雲等創立輔仁文社，1895年與興中會合併，執筆發表第一篇對外宣言。參與策劃廣州首義，繪製《東亞時局形勢圖》，是中國近代最早的政治漫畫之一。1903年與英人合資創辦《南華早報》，兼任編輯。同年與洪全福、李紀堂等人籌劃大明順天國之役，曾設計及繪製飛船「中國號」試飛成功。辛亥革命成功，退出政壇，潛心研究寫作，1938年逝世香港，葬於薄扶林華人基督教墳場。

2　此從楊衢雲後人楊興安所說，薄扶林基督教墳場墓碑上稱號也作「贊」。

歷史大事與劇本對照年表

（1807－1912）

年份	中國大事	香港大事
1807 嘉慶 12 年	倫敦傳道會馬禮遜來華，是第一個基督新教來華的傳教士	
1823 道光 3 年	馬禮遜在澳門按立梁發，是中國第一位牧師	
1832 道光 12 年	《勸世良言》在廣州刊行	
1835 道光 15 年	美國傳教士於廣州設博濟醫院，是中國西醫院之始	
1840 道光 20 年	鴉片戰爭爆發	
1842 道光 22 年	《南京條約》簽訂	清政府割讓香港島予英國
1843 道光 23 年	《中英五口通商章程》及《虎門條約》簽訂	倫敦傳道會英華書院從馬六甲遷來香港
1846 道光 26 年		理雅各夫人開辦英華書院附屬女子學校（英華女校的前身），是香港第一所女校
1847 道光 27 年	容閎隨勃朗牧師赴美留學，是中國近代留學生第一人	
1851 咸豐元年	太平天國運動爆發	內地因避亂來港者眾，香港人口迅速增加

與本劇有關的人物、情節	
史實根據	藝術創作
關元昌出生於番禺，父關日很可能是梁發向倫敦傳道會報告首批十位受洗中國基督徒之一	
黎亞妹出生於南海西樵	
（鴉片戰爭後某年，關元昌隨父遷居香港）	
（黎亞妹後來就讀英華女校，畢業後留校任教）	
（容閎堂弟容星橋後來成為關元昌女婿）	
（太平軍起兵後某年，黎亞妹隨英官養父母來港定居）	

一、《風雨橫斜》獨幕劇（2009）

年份	中國大事	香港大事
1853 咸豐3年	太平天國定都天京；小刀會首領劉麗川佔領上海	倫敦傳道會出版本港第一份中文報刊《遐邇貫珍》
1857 咸豐7年	英法聯軍之役（第二次鴉片戰爭）爆發，翌年簽訂《天津條約》	港府公佈《販運工人出洋牌照條例》，正式徵收「豬仔稅」
1859 咸豐9年	太平天國刊行洪仁玕著作《資政新編》	印度新金山中國匯理銀行在香港開設分行（渣打銀行（香港）的前身）
1860 咸豐10年	英法聯軍再度攻陷天津，進攻北京，簽訂《北京條約》；洋務運動興起	清政府割讓九龍半島予英國；聖公會在般咸道開設曰字樓女館，是拔萃書室的前身
1862 同治元年	北京同文館成立	政府接納理雅各牧師報告創辦中央書院（皇仁書院的前身）
1864 同治3年	太平天國敗亡	中央警署落成，俗稱大館
1865 同治4年	捻亂勢盛，殲滅清將僧格林沁全軍	香港上海滙理銀行（香港上海滙豐銀行的前身）成立；教育司署成立
1866 同治5年	廣州博濟醫院醫學堂成立，是中國第一間西醫學校；孫中山出生	香港造幣廠建立，開始自行鑄幣
1869 同治8年	福建機器局成立	舊香港大會堂落成
1870 同治9年	天津教案發生	港府頒佈《倡建東華醫院總例》
1872 同治11年	清廷首派幼童赴美留學	周壽臣是首批赴美留學幼童；東華醫院成立

與本劇有關的人物、情節	
史實根據	藝術創作
關元昌與黎亞妹結婚，婚後育有九子五女	劇中關家只提關景良、關月英及關月霞三人，餘略；家中另虛構傭人芳姐一角
關黎氏出任英華女校教員	
太平天國敗亡後，將領洪全福逃來香港，改業行船，在大館往下瀕海處蘭桂坊（原叫爛鬼坊）行船館出入	劇中周昭岳提議容星橋暫避蘭桂坊行船館，候船逃往上海
容星橋出生於廣東香山	
關元昌在廣州博濟醫院學習牙醫，有「中國第一位牙醫」之稱（作者按：關元昌何時何地習牙醫有數說，此其一）	
關元昌七子關景良出生於香港	
關元昌八女月英出生；關元昌回廣州執業牙醫，之後來往省港兩地	

年份	中國大事	香港大事
1874 同治 13 年	清廷派第三批幼童赴美留學	《循環日報》創刊；國家醫院成立，是香港第一間公立醫院
1881 光緒 7 年	中國自辦最早鐵路唐山至胥各莊建成	那打素診所成立（那打素醫院的前身）
1883 光緒 9 年	孫中山從檀香山返鄉	廣州與九龍電報開通；孫中山從鄉間來港，入讀拔萃書室，與陸皓東於公理會受洗為基督徒
1884 光緒 10 年	中法戰爭爆發	孫中山入讀中央書院
1887 光緒 13 年	廣州水陸師學堂成立；英長老會於上海成立廣學會	何啟與倫敦傳道會合創雅麗氏利濟醫院，並於醫院內設香港西醫書院，是為香港大學醫學院的前身；孫中山於同年入讀
1888 光緒 14 年	康有為奏請改革國政；唐山至天津鐵路修成及通車	山頂纜車通車；道濟會堂成立，是香港第一間華人自理教會
1890 光緒 16 年	張之洞辦漢陽兵工廠	高陞戲院落成
1891 光緒 17 年	江淮多省發生教案；康有為於廣州設萬木草堂	聖公會男女館（曰字樓孤子院）更名為拔萃書室
1892 光緒 18 年	頤和園重修完成	楊衢雲與謝纘泰等創立輔仁文社；孫中山以優異成績於香港西醫書院畢業
1893 光緒 19 年	張之洞於湖北設自強學堂	雅麗氏利濟醫院與那打素醫院合併；鄭觀應在香港出版重要著作《盛世危言》

與本劇有關的人物、情節	
史實根據	藝術創作
關元昌十女月霞出生；容星橋是第三批赴美留學幼童	
關元昌再度回香港定居，家居般咸道，妻黎氏於新落成的雅麗氏利濟醫院任護士長；關景良於拔萃男書室畢業後，與孫中山等十二人成為首批入讀香港西醫書院學生，二人為宿友；孫中山與關家稔熟，是關家常客，關黎氏戲稱之為「馬騮孫」	
關元昌參與成立道濟會堂；關景良與孫中山等四人合攝「四大寇」照片	
容星橋與關月英結婚（後來生子容啟東，曾任香港中文大學崇基學院校長）	（容啟東出生於 1908 年，劇中把時間移前，1901 年 1 月 10 日晚，容啟東在關家大宅內房睡覺，容星橋逃返香港關家就是為了探望妻兒）
周昭岳參加輔仁文社；關景良與李月娥在香港舉行婚禮，孫中山是婚禮見證人	
關景良於香港西醫書院畢業，隨即加入那打素醫院行醫，是本土訓練並註冊行醫的第一人	

年份	中國大事	香港大事
1894 光緒 20 年	甲午之戰爆發；孫中山在檀香山創立興中會	鼠疫爆發
1895 光緒 21 年	《馬關條約》簽訂；廣州首義（乙未廣州之役）失敗，陸皓東殉國	香港興中會總會成立，輔仁文社加入，首任會長是楊衢雲
1896 光緒 22 年	俄國取得漢口租界；李鴻章到俄國簽訂《中俄密約》；孫中山倫敦蒙難	孫中山被禁止在港居留、活動
1897 光緒 23 年	山東曹州發生教案，德國派兵佔領膠州灣	港府頒佈《保護婦女條例》
1898 光緒 24 年	戊戌變法失敗，光緒帝被幽禁；列強強租港灣，劃分勢力範圍	《展拓香港界址專條》簽訂，英國租借新界，為期 99 年
1899 光緒 25 年	美國提出門戶開放政策	東華義莊開辦
1900 光緒 26 年	庚子義和團排外運動爆發；八國聯軍攻天津、北京；唐才常組織自立軍反清，失敗被殺；惠州起義失敗	陳少白主編《中國日報》，宣傳反清，報館亦是興中會集會地方
1901 光緒 27 年	《辛丑條約》簽訂	1 月 10 日，楊衢雲被暗殺，延至翌日凌晨於國家醫院不治逝世
1902 光緒 28 年	梁啟超創辦《新民叢報》	孫中山由日本返港，因五年禁足期屆滿，港府未阻止其登岸
1903 光緒 29 年	黃興、宋教仁等在長沙組織華興會，1904 年正式成立	謝纘泰、李紀堂、洪全福等於德忌笠街（德己立街）和記棧策劃大明順天國起義

與本劇有關的人物、情節	
史實根據	藝術創作
周昭岳、容星橋先後加入興中會	
容星橋在漢口俄國茶葉行任買辦	
謝纘泰倡議成立華商會所，關景良參與其中，何東是第一屆主席	
孫中山命容星橋為興中會湘漢代表，參加自立軍起義計劃	
7、8月間，自立軍起義失敗，容星橋化裝苦力乘船逃往上海，9月18日再折返香港	容星橋逃亡事挪後了數月，於1901年1月10日晚先逃返香港再折往上海
1月11日楊衢雲不治，1月12日關景良與謝纘泰、何啟、王煜初、區鳳墀等友人葬楊衢雲於香港墳場，12月23日立碑	高陞戲院上演《文天祥殉國》、容星橋逃返香港關家、與周昭岳報訊三事同時發生在1月10日晚上
關黎氏逝世，葬於香港墳場	

年份	中國大事	香港大事
1904 光緒 30 年	日俄在中國東北大戰；光復會在上海成立，推蔡元培為會長，陶成章為副會長	電車通車；太平戲院落成；立法局通過《山頂區保留條例》，將山頂區劃定清一色歐人住宅區
1905 光緒 31 年	同盟會成立於東京，發行民報宣傳反清	中國同盟會香港分會成立
1906 光緒 32 年	清廷宣佈預備立憲	何啟胞姊何妙齡（伍廷芳夫人）捐款興建之何妙齡醫院落成啟用
1910 宣統 2 年	清廷籌備立憲機構	九廣鐵路局開始運作
1911 宣統 3 年	4 月 27 日黃花崗之役失敗；10 月 10 日武昌起義，各省陸續宣佈脫離滿清統治，辛亥革命成功，結束清朝帝制	黃興在跑馬地成立革命軍統籌部，準備廣州起義；香港大學成立
1912 民國元年	1 月 1 日中華民國成立	孫中山由廣州抵港，入住英皇大酒店

與本劇有關的人物、情節	
史實根據	藝術創作
1904 至 1906 年間，陳少白、黃魯逸、程子儀等在省、港改良粵劇，編演《文天祥殉國》、《秋瑾》等新戲，宣揚革命思想，時稱「志士班」	志士班諸新劇目於何年何日何地演出？暫無確考。劇中把《文天祥殉國》的演出時間移前，又假設演出場地是高陞戲院
關景良創立剪辮不易服會，關元昌、胡禮垣、王元琛、吳秋湘、溫清溪、區鳳墀等「香港六老」為贊助人	
關月英獲頒西法接生執照；關元昌逝世，與夫人合葬於香港墳場	

首演編訂：2011 年
重新修訂：2023 年

一、《風雨橫斜》獨幕劇（2009）

演出資料

首演

劇名：《斜路上》

日期：2009 年 2 月 21 日 3:00pm

地點：西營盤社區綜合大樓禮堂

主辦：中西區區議會

製作：致群劇社

重演

劇名：《斜路上之風雨橫斜》

日期：2009 年 11 月 7 日 2:30pm 及 7:00pm

地點：西營盤社區綜合大樓禮堂

主辦：中西區區議會

製作：致群劇社

巡迴及其他公開演出

2009 年至 2013 年 5 月為止，四年多以來，多個文化、教育、藝術團體 / 組織均有主辦、資助、贊助巡迴及公開演出，包括中華文化促進中心、教育局課程發展處、香港藝術發展局、中西區區議會、香港中文大學崇基學院、優質教育基金及個別學校等，其中藝術發展局資助於 10 間中學演出 15 場次、優質教育基金資助於 50 間中學演出 82 場次。全部演出共達 109 場，觀眾總人數共約 26,650 人次。

歷次演出的編創、製作人員：

製作：	致群劇社
監製：	卓躒、余世騰、譚穎敏
統籌：	余世騰、勞敏心、方競生
編劇：	白耀燦
導演：	白耀燦
製作設計：	胡民輝
音響設計：	張永康、黃伸強
化妝及主任：	黃德燕、戈貞
髮飾：	黃德燕、馮慧文
服裝統籌：	呂瓊珍
舞台監督：	何月桂、黎珮賢、楊國明、譚美瓊
美術設計：	鄧美貞
其他製作人員：	譚美瓊、張愛月、劉文玲、蘇幗寶等

歷次演出的演員 / 角色：

喬寶忠、余世騰、蕭新泉	飾演	關元昌
陳桂芬、廖愛玲	飾演	關黎氏
游錦、周安妮、勞敏心	飾演	關月英
勞敏心、葉佩雲、堃靈	飾演	關月霞
郭惠芬、郭少芳、堃靈、黎珮賢、		
廖愛玲、葉佩雲、勞敏心	飾演	阿芳
梁偉傑、陳敏斌、吳新華、葉萬莊	飾演	容星橋
鍾寶強、卓躒	飾演	周昭岳
吳嘉樂、卓躒	飾演	關景良

演後回響

「如此短時間內便交代了如此多的史實，而又十分有戲劇味，非常成功；對白緊扣，沒一句話是多餘的。」

楊興安博士（作家）

2009 年 2 月首演後

「編劇梳理出關景良作為全劇的主線人物，非常聰明恰當。」

吳萱仁（文化人）

2009 年 2 月首演後

「短短半小時，愈看愈有味，看得很開心；劇本完整，演員出色，戲味濃厚，應大力推廣。」

冼黃靄屏（中學教師）

2009 年 11 月

「對於歷史的空白處，我們得運用歷史想像力，去揣摩各種可能性；不是憑空瞎猜，而是盡量去搜尋史料，然後根據所能窮盡的資料，推斷出當時的境況，在最大的可能性下，作大概應如是的推想和說明，過程中須有合法（合情、合理、合乎法則）的推想，就如白耀燦在《風雨橫斜》劇本的說明中很謹慎地列出哪些是有

根有據的史實，哪些是藝術的加工，哪個人物是真有其人，哪個人物是虛構的，就是很好的做法。」

葉漢明教授（時為香港中文大歷史系系主任）

2011 年 3 月 12 日教育局委約《風雨橫斜》

教師培訓專場演後台下發言

「白耀燦先生忠於歷史，熱愛話劇。透過歷史劇，在觀眾面前呈現了他捕捉的歷史圖像。在獨幕劇《風雨橫斜》中，他所選取的歷史圖像就是著名清末「革命四大寇」的照片，以四大寇背後站着的一個小伙子（關景良）及他的家庭為切入點來窺探歷史的洪流。」

楊秀珠教授（時為香港中文大學教育學院課程與教學學系教授）

〈歷史尊嚴的重現 —— 歷史獨幕劇《風雨橫斜》觀後感〉

2010 年 1 月 2 日

48

「最欣賞此劇之序文誦讀，以及編導白耀燦〈踏步斜路、見證歷史、體味文學、穿梭舞台〉：『一座城市，依山傍水，條條斜路，拾級而上，信步而下，多了角度，多了層次，也豐富了內蘊，總令人覺得多添了一份山城迷人的魅力。……』寥寥數語，道出了革命山城的詩韻。此刻驚覺，披了一頭白髮的白耀燦，也是一位詩人。」

呂志剛（優質圖書館網絡創會會長）

〈《風雨橫斜》由戲劇回歸歷史〉

《大公報》，2011 年 3 月 18 日

「觀劇後沿中環海濱步行至天星小輪碼頭，腦海中不斷浮現被汗牛充棟史料史冊包抄着的你在伏案疾書的景象，明滅的燈火下伴着你的是歷史輕聲的嘆喟。把歷史寫成劇本，又能親自導演演出，真心的敬慕你。在香港的文化史、話劇史上，你是不可磨蝕的一部分了。」

何焯明（退休老師）
〈寫歷史，也走進歷史〉
2011 年 7 月 9 日

「令我更加認識歷史裏的戲劇元素，感受到歷史和自己住的地方的關係，非常感人。」

「關黎氏對兒子、女婿參與革命，或與革命黨人成為朋友，那種擔心的感覺，演員可充分表達出來。」

「歷史變得不再沉悶。」

「希望劇社能重現多些被遺忘的歷史細節。」

「繼續努力以戲劇傳承前人一些可敬的精神。」

「最難忘的人物是關月霞，作為封建時代的女性，卻非常敢言。她又為家人擔心，立場中立，混合傳統婦女及革命前衛的衝突個性。」

「歷史原來不只是過去的事情，其實和我們的生活很接近。」

「希望再看到更多歷史改編的戲劇。」

「劇中人物如關元昌、關景良是歷史的真實人物，而且話劇有超過九成是真實史事，所以話劇更能正確地傳達出歷史事件。加上劇中史事發生的地點就在香港，我在看完話劇後透過親身到那些地點考察，配合白老師所編寫的戲劇情節和人物，對話劇的內容更有真實感和感到有密切關係。」

學校巡迴演出學生意見選錄

2012 年 2 月至 2013 年 5 月期間教育局課程發展處委約致群劇社編製〈歷史劇《風雨橫斜》學與教資源套〉派發予全港中學（2011 年）

社區劇場

二、《戰火梨園》獨幕劇

(2010)

劇本

獨幕劇
《戰火梨園》

（編劇按：劇中電台、戲班內角色皆屬虛構，惟歷史背景真實無誤，人物創作靈感取材自前輩藝人經歷，其中關係可參見後頁筆者編製的〈與劇本相關的時局與粵劇概況年表〉。）

太古衣冠做出戲假情真藉此堪作人懲勸，
平臺歌舞動謂曲高和寡無非欲駭俗見聞。

—— 太平戲院舞台兩側對聯

太古衣冠猶慕漢，
平臺歌舞足移人。

—— 太平戲院辦公室內對聯

上世紀三十年代，戲行男女同班禁令撤消，男花旦何去何從？

東北棄守，蘆溝受襲，面對戰火時局，身為梨園子弟，依然醉夢於歌台，還是慷慨淚昂，振呼禦敵？

太平戲院的後台，「勝艷年」劇團的台柱，經歷了動人的一夜……

時：1956 年 11 月 1 日

地：電台播音室

人：魯友（電台《天空小說》播音員）

【幕閉。】

【麗的呼聲《天空小說》的音樂起。】

【大幕前演區燈亮，魯友在電台播音室講《天空小說》。】

【《天空小說》此段可選擇以「畫外音」方式演出。】

魯友　各位收音機旁邊嘅親愛聽眾，又係我 —— 魯友 ——
　　　喺天空中同大家相聚嘅時間。今日我魯友把聲有啲
　　　沙沙吓，因為琴晚成晚瞓得唔好。點解？係因為我
　　　嘅偶像 —— 粵劇大老倌「萬能泰斗」薛覺先先生前晚
　　　黑喺廣州市人民大戲院正在演出緊《花染狀元紅》嘅
　　　時候，突然腦出血，佢堅持演到終場謝幕先至肯入醫
　　　院，終於喺琴日下晝 5 點零 7 分離開我哋。我同大
　　　家一樣，好傷心，成晚輾轉反側，點知俾我諗出咗一
　　　個有關梨園子弟嘅新古仔嚟。由今日開始，我魯友就
　　　為各位親愛嘅聽眾送上新一輯天空小說 ——《戰火梨
　　　園》。既然話得係小說，就梗係虛構㗎喇，如有雷同，
　　　只不過實屬巧合嘅啫！不過，裏面嘅時代背景就好真
　　　實㗎！

　　　【《天空小說》的音樂過場】

　　　話說三十年代開始，省港嘅梨園出現咗兩個粵劇班霸，
　　　各有成就，各有擁躉，兩邊分庭抗禮，呢邊廂，有薛覺

先（五哥）嘅「覺先聲」，嗰邊廂，係馬師曾嘅「太平劇團」；呢個就係粵劇史上「薛馬爭雄」嘅輝煌年代嘞。

到咗 1933 年 11 月 25 日，即係廿三年前，粵劇嘅發展又出現咗一個新嘅里程碑！港督貝璐爵士通過嘅「男女伶人可以一齊組班」嘅新法例正式生效喇！原來之前有明文規定，男女伶人係唔可以同台演出，所以當時嘅戲班，大部分都係全男班，當中有小部分係全女班。好彩多得高陞戲院經理呂維周先生發起，再經羅文錦爵士向港督請求，男女唔可以同台合演嘅禁令終於取消。冇幾耐廣州亦都跟住仿效，女花旦嘅地位於是就逐漸提升，大受觀眾歡迎，各個戲班亦都紛紛聘用女花旦，於是男花旦失業，漸漸就要面臨淘汰嘅命運喇。

【《天空小說》的音樂過場】

【戰火轟隆聲】

至於舞台外面嘅世界呢？唉！無情嘅戰火已經籠罩住整個神州大地！1937 年 7 月 7 日晚上 11 點，日本侵略者喺北平蘆溝橋進攻我國守軍，發動起全面侵華嘅戰事！

九日之後，7 月 16 日，國民黨政府喺廬山召開談話會，討論當前局勢。好多人都好關注呢次談話會嘅結果：政府會唔會宣佈全國總動員抗日呢？

【戰火轟隆的背景聲效漸被喧鬧的粵劇鑼鼓聲蓋過】

而喺同一時間，祖國南邊嘅廣州同埋英國殖民地香港，就依然鼓樂喧天，簫管齊鳴，夜夜響鑼，好不熱鬧！

【背景繼續傳來粵劇鑼鼓聲】

話說呢幾年間，除咗「覺先聲」同「太平劇團」之外，香港仲冒起咗一個新戲班叫做「勝艷年」，文武生係靚勝華，正印花旦係花艷紅，武生係賽飛鴻，丑生係王醒非，小生係小生潘，二幫係桂月嫦。7月17日嘅晚上，即係廬山談話會召開嘅第二日，六大台柱喺喺喺太平戲院演完《西廂待月》，謝幕之後返到嚟後台箱位落妝⋯⋯

二、《戰火梨園》獨幕劇（2010）

時：1937 年 7 月 17 日晚上

地：太平戲院後台

人：花艷紅　「勝艷年」劇團正印花旦

　　靚勝華　「勝艷年」劇團文武生

　　賽飛鴻　「勝艷年」劇團武生

　　王醒非　「勝艷年」劇團丑生

　　小　娟　花艷紅衣箱

　　源經理　太平戲院經理

　　李凡响　男花旦肖艷儂徒弟

　　明　叔　太平戲院職員

【音效：鑼鼓收掘，掌聲雷動。】

【幕啟。場景是三十年代的太平戲院後台一角的「衣邊」，內即為戲院辦公室，只見裏面掛有一副對聯：「太古衣冠猶慕漢，平臺歌舞足移人。」】

【「勝艷年」四大老倌花旦花艷紅、文武生靚勝華、武生賽飛鴻、丑生王醒非都已卸下戲服，掛在衣架上，各在自己的箱位，對着鏡子作最後臉上的落妝。小生潘與二幫桂月嬝的箱位卻是空着，二人不在，只見桂月嬝的戲服胡亂地放在椅上，似是匆忙卸下。】

【花艷紅似心情沉重，默默落妝，良久不語，只有衣箱小娟在忙這忙那，遞水斟茶，搎骨按背，打點一切。】

賽飛鴻　哼，你話呢個小生潘吖，衫都唔換就唔見咗人，梗係又俾四姨太捉咗去唱私局！

小娟　　鬼叫人生得咁青靚白淨咩？成個女人湯丸咁！（見靚勝華屬色望過來）咁始終都係我哋文武生勝哥有型啲！

王醒非　而家至係小生啫，就搞埋咁多嘢……唉，佢好自為之咯！

賽飛鴻　（望二幫箱位）噯，乜阿嫦又冇咗影呀？

小娟　　嫦姐一謝完幕就急急腳入嚟，除低件戲服，妝都冇落，哩哩嘩嘩就走咗咯。

王醒非　佢今晚仲唔風騷咩？呢齣《西廂待月》，二幫做小姐喎，個崔鶯鶯成晚係咁嫋嫋鶯聲，仲唔迷倒個金四少咩？鬼唔係趕住去陪金四少宵夜啦！係咁宵吓宵吓，睇住嚟啦，二幫就嚟變咗做人哋嘅二奶喇！

賽飛鴻　都係阿紅好嘢，講明唔單獨陪戲迷宵夜，唔應酬，你真係把炮！抵你紅嘅！

小娟　　紅姐，你真係愈演愈好啊！

花艷紅　都係勝哥就我啫。

【靚勝華微笑。】

王醒非　你演紅娘，嗰種嬌俏、活潑同機靈，真係不作第二人想。

花艷紅　始終都係儂哥最好，佢嘅唱功做手，我仲有排學。

小娟　　　而家都唔興男花旦㗎啦，喺省城同香港呢度，儂哥嘅首本都唔收得嘞，要走去越南呀、緬甸呀啲埠仔做！

花艷紅　　你咪亂噏嘢呀，人哋儂哥係去南洋巡迴登台！

小娟　　　話係話去巡「迴」登台，實情係「迴」避你呢個「新花旦王」嘅鋒頭至真！

賽飛鴻　　阿紅，你好嘢！幾年啫就已經打低晒啲男花旦！

王醒非　　時代唔同咗咯！

花艷紅　　（嚴肅）你哋唔好咁講啦！而家男女可以同班，啲班主都鍾意搵晒我哋女人做旦，好多男旦都冇着落，佢哋已經對我哋有啲心病，你哋唔好再喺度煽風點火喇！

【靚勝華此時已卸妝從另一邊箱位走過來。】

靚勝華　　（溫柔）艷紅，仲未搞掂？嚄嚄聲，落好妝我哋去金陵酒家宵夜咯。

60　　【賽飛鴻與王醒非互打眼色。】

花艷紅　　勝哥，今晚唔去宵夜喇，我唔想食。

靚勝華　　我哋晚晚都要食宵夜㗎啦，係咪唔舒服？阿娟，快啲攞支藥油嚟。頭先喺台上面都唔覺你有嘢㗎？

花艷紅　　（向小娟）唔使喇，勝哥，我冇事，係心情唔好啫。

靚勝華　　有乜心事，話過我知……

花艷紅　　勝哥，你冇睇到今日嘅新聞紙咩？

靚勝華　（搖頭）點呀，係咪周老總篇鱔稿有問題呀？唔係嘛？花錦鱔就識得食，鱔稿就唔識得寫？咁咪即係搵我哋源經理老襯！

花艷紅　娟，遞份新聞紙過嚟。

【小娟遞來娛樂版。】

花艷紅　唔係，係新聞版！

小娟　　慣咗手啫。（改遞上新聞版）

花艷紅　勝哥，你睇吓……

靚勝華　（讀報）「國民政府召開廬山談話會……」我仲以為你叫我睇篇鱔稿嘛！呢啲國家大事，邊理得咁多？

花艷紅　勝哥呀，戲台上面做嘅戲，好多都係關於國家大事啦！

靚勝華　你都講係做戲咯……

賽飛鴻　（搶讀報）「國民政府召開廬山談話會，軍政部部長何應欽會上堅決反對抗戰，認為中國武器不如日本，若開戰，七日之內必亡國！」乜話，反對抗戰？如果開戰，七日之內必亡國？呸！妄自菲薄，咁冇志氣，咁怕死，點配做軍人？談話會，談話會，談佢老母！而家日本仔已經發動戰爭，仲唔反抗？仲要做縮頭龜？（握拳怒瞪，大力拍枱）

王醒非　呢個咁嘅何應「欽」，真係「陰」質咯！咁嘅説話都講得出！

靚勝華　最好就梗係唔使打仗啦……

賽飛鴻　　唔使打？（揮拳欲打勝）

靚勝華　　（擋架，作勢還擊）鴻叔，講吓啫，使乜要打人？你唔好
　　　　　以為你係武生又係叔父，你係咁蠻嘅我呢個文武生唯有
　　　　　還手咋！

王醒非　　（忙想勸開）你咪咁牛精啦牛鴻！講吓啫，唔使打人嘅。

賽飛鴻　　（放手）咪係囉，阿勝，我橫繃繃打你，你都還手啦，
　　　　　咁個乜嘢軍政部長條契弟有乜理由反對抗戰吖？自從
　　　　　「九一八」以嚟，我哋已經失去咗東北同埋熱河四個省，
　　　　　而家日本人打到嚟北平嘞，到咗今時今刻，仲唔打，仲
　　　　　要退讓到幾時？

【各人方知賽飛鴻非真要打靚勝華，方才放心。】

花艷紅　　廬山談話會今日仲係開會，希望最後有新嘅決定，宣佈
　　　　　抗戰啦。我已經叫咗明叔攞住部收音機，聽實新聞有冇
　　　　　最新消息……唉！係咁睇住日本仔係咁打到落嚟，我哋
　　　　　仲喺度做埋啲卿卿我我、才子佳人嘅戲……

靚勝華　　你就係因為咁先至冇心情呀？

小娟　　　打到落嚟？唔會啩？北平喎，離我哋咁遠，幾時打到
　　　　　嚟吖……

靚勝華　　才子佳人嘅戲，觀眾鍾意吖嘛，你睇吓你紅娘同我呢個
　　　　　張生幾受歡迎？佢哋都要娛樂㗎嘛？係囉，而家喺蘆溝
　　　　　橋開火啫，係北平嗰邊嘅事，離我哋咁鬼遠，香港地又
　　　　　係英國殖民地，日本仔唔敢搞到嚟呢度嘅。只要戲院晚
　　　　　晚滿座，我哋大老倌落力演出，觀眾拍爛手掌，娛樂昇
　　　　　平，又使乜杞人憂天？

62

花艷紅　（起）冇錯，我哋伶人係為咗娛樂大眾，但係都唔能夠唔關心國家嘅情況㗎！而家日本人係咁步步蠶食，公然侵略，國難當前，我哋又點唔能夠唔憂心呢？

靚勝華　憂心又點喎？政府都唔緊㗎，我哋戲行又做得啲乜嘢？

王醒非　咁又唔係咯，老實講，睇大戲嘅觀眾好多都唔係好有知識嘅，佢哋咁迷我哋伶人，我哋唱乜做乜講乜，好影響佢哋㗎！

賽飛鴻　肥非你講得啱嘅！都係薛覺先好嘢，當年「九一八」發生之後，五哥即刻用白布痛書「娛樂中勿忘瀋案恥辱」九個大字，掛响舞台前邊，發動觀眾捐款抗日，幾咁振奮人心！

靚勝華　嗰度係廣州，唔係香港。仲有，捐咗錢又點？啲錢又唔知去咗邊度？

王醒非　咩唔知去邊？五哥跟住就搞咗齣新戲《馬將軍》，又編又演，籌錢支援東北嘅抗日英雄馬占山將軍。呢次唔係薛馬爭雄，係薛馬同盟呀！不過此馬不同彼馬，馬師曾都唔到佢唔寫個「服」字呀！

小娟　　不過，之後都冇乜聽聞再做播！我諗梗係唔係幾⋯⋯

靚勝華　咪係咯！呢啲係一時之勢啫！《馬將軍》做得幾多場吖？觀眾鍾意呢啲新戲咩？薛覺先咪又係要做返《愛情魔力》、《玉人無恙》呢啲生旦戲？

花艷紅　所以我哋就係要教育觀眾，製造社會輿論囉。（拿出薛覺先唱片）嗱，呢幾隻係五哥幾年前喺上海灌錄嘅

唱片，上面題上佢即席揮毫「長歌寄意」四個字，側跟註釋係咁寫：（讀）「國難當前，敢以弦歌喪志？人心宜結，請從謳樂移風。」

賽飛鴻　五哥啲文墨真係好嘢，又充滿愛國心，真不愧聲、色、藝、文、品五者兼備，我牛鴻真係心口寫個「服」字。

靚勝華　五哥係好嘢，但係佢出唱片喺嗰度係上海，唔係香港。喺香港，都係低調啲好。

王醒非　阿勝，你咁低調，咁就唔好咁高調同阿紅食宵夜啦！

靚勝華　你個死肥非吖！

【源經理鼓掌從辦公室那邊帶李凡响進入後台，李凡响手裏夾着一袋東西。他有點不自然，左右窺望。】

源經理　好嘢，好嘢！「新花旦王」！艷紅，你真係當之無愧！

眾人　源經理。

源經理　真係好嘢。我係戲院經理，係我請你嘅，我話好，唔算數吖！觀眾話好，都可以唔算數㗎，你可以話觀眾有時都只係捧大老倌啫！但係，同行仲要係對頭嘅大徒弟都話好嘢，咁就冇花假喇啩？你哋睇吓係邊個？

【李凡响鞠躬，笑，但很不自然。】

眾人　（驚奇）哦，李凡响？

靚勝華　肖艷儂個徒弟！

賽飛鴻　係咪嚟踩場？

王醒非　我諗佢係識時務就真，見紅姐咁紅，想過嚟拜佢為師！

小娟　　實係喇，你睇，佢手度拎着份見面禮！

賽飛鴻　見面禮？

源經理　開場前我已經喺大堂見到佢嚟咗㗎喇，我當時仲有啲緊張，個心㥦實㥦實，以為佢係嚟踩場。你哋知啦，佢師父係過氣──（即時收口）係著名男花旦肖艷儂，本來同我哋打對台㗎嘛。阿凡，而家唔怕坦白講，我一直坐喺你身邊，話就話陪你睇戲，實情係驚你柴台搞鬼！點知佢唔係嚟踩場，係捧場！拍掌拍得最大力嗰個就係佢！仲話散咗場一定要我帶佢入嚟後台恭喜你喎！

花艷紅　（伸手握手）多謝你捧場呀凡哥！嚟，請坐，大家行家，切磋吓。娟，斟杯茶俾凡哥。

【李凡响雙手緊緊夾着那袋東西，不便和花艷紅握手，便只有抱拳回敬。坐下。】

李凡响　（有點不自在）唔敢當，紅姐、勝哥、鴻叔、非哥，叫我阿凡得喇。我係專誠嚟學嘢，要喺紅姐你身上偷師。你哋真係做得好，好好，佩服，佩服！

花艷紅　偷咩師？我邊有資格教你吖凡哥？你師父儂哥先至係我哋花旦呢行嘅老行尊，有佢教你係你嘅福氣。嚟，大家研究吓咪好囉。

李凡响　（酸溜溜）紅姐，而家全行演紅娘嘅已經公認你係第一啦，你真係好虛偽……係好虛心……

花艷紅　係囉，凡哥，做人都係謙虛啲好，唔使一定要認第一嘅。

李凡响　都話叫我阿凡得咯……

靚勝華　凡哥，都係一句啫。係囉，我哋都係差唔多同時期學藝嘅，不過，你就眼光獨到，跟咗儂哥……

賽飛鴻　咦，乜你冇跟你師父儂哥去越南登台咩？

李凡响　冇呀，走埠登台，個班唔可以咁大。

王醒非　但係你係儂哥嘅接班人喎？

小娟　　（遞茶給凡，凡手不離袋）而家男女同班吖嘛，聽講而家班班嘅班主都請晒啲女人做旦，花旦、二幫、艷旦、頑笑旦、正旦……統統都由女人做返，係除咗儂哥佢老人家喺南洋仲有啲同鄉嘅老擁躉……

【李凡响強忍不發。】

花艷紅　多事！凡哥，你唔好怪我呢個衣箱，佢把口唔收喋。儂哥佢身體好吖嗎？早排佢老人家失咗聲，冇乜嘢嗎？

66　李凡响　好返喇，有心。

花艷紅　好返都要小心呀，把聲失得一次就會有第二次……

王醒非　失多幾次聲就唔係幾盞鬼喇。

靚勝華　上咗年紀，仲要唱子喉，係辛苦啲喇。

小娟　　係囉，男人唱子喉，始終要吊起嗓子，捵住喉嚨，壓扁把聲，點及得我哋紅姐女人唱番女人咁自然……

花艷紅　阿娟，我唔准你再亂講嘢，冇嘜規矩，企埋一邊！

源經理　（拍凡膊頭）阿凡，呢個衣箱妹講得啱㗎。男人做花旦嘅時代過咗喇！除咗把聲唔自然之外，仲有對眼！係，男人嘅身段可以練到好柔軟，扮相可以化得好嬌俏，但係關目即使做到最好，做到騷眉弄眼嘞，但係男人即係男人，對眼始終冇女人對眼嗰種天生嘅媚態。你睇吓，紅姐對眼……

花艷紅　源生，你咪笑我啦……

李凡响　……係……紅姐你對眼真係……真係好靚……

【這時候，李凡响突然伸手入袋，正要揪出一團玻璃粉……】

賽飛鴻　（一直盯着那袋東西，即大喊）小心！

【李凡响把玻璃粉撒向花艷紅眼睛，紅急忙掩避。賽飛鴻迅速上前擒住凡，凡掙扎欲逃，其餘均湧上，一時忙亂……】

靚勝華　（檢視粉末）係玻璃粉！你想整盲紅姐？艷紅，你冇事吖嘛？睇吓……

花艷紅　冇事。

源經理　阿娟，快啲攞條濕毛巾嚟！

小娟　　哦！

靚勝華　（向外）明叔，即刻去叫差人嚟！

賽飛鴻　叫得嚟都蚊瞓，直頭押佢去七號差館！

源經理　唔好！無謂搞大件事！戲院嘅事戲院搞掂。

王醒非　拉親去差館，第日新聞紙實賣行晒。

小娟　　　唔通由得佢？

源經理　　艷紅，你真係冇嘢吖嘛？

花艷紅　　我冇事。（掃走玻璃粉）

源經理　　（向凡）我唔想我間戲院俾人講話發生咗啲乜嘢事，算
　　　　　嘞，你走先啦！第日你師父返嚟我先搵佢算帳。

賽飛鴻　　走？就咁俾佢走？第日先算帳？有冇搞錯？俾佢穇正
　　　　　阿艷紅對眼仲唔盲？你都夠毒喇，嘅仔！（痛毆凡）我
　　　　　一早見到你神色唔對辦，雙手一直夾實袋嘢唔放手，我
　　　　　已經估到有啲唔妥，果然冇估錯。

花艷紅　　鴻叔，夠喇，算啦。

靚勝華　　唔打都得，跪低斟茶俾紅姐道歉！（壓下凡跪低）

【小娟連忙遞茶。李凡响上茶，花艷紅飲下。】

靚勝華　　咪住，你自己都要飲番！（把玻璃粉倒入茶內）飲咗佢！

花艷紅　　勝哥，唔好咁啦！

源經理　　今晚本來好高興，算嘞，唔好搞咁多嘢喇……

王醒非　　你哋唔好掛住糟質佢喳，都未問佢因乜解究要咁狠毒。
　　　　　講，因乜解究吖？

李凡响　　冇乜解究，我就係要想整盲佢雙眼。

靚勝華　　然後就威脅唔到你師父，咁你師父就可以繼續旺台落
　　　　　去？係嘛？你都毒喇！源經理，唔得呀，都係要拉佢去
　　　　　差館！

花艷紅　　勝哥，算啦，唔係佢實要坐監。

李凡响　　坐監咪坐監囉，仲好，有皇家飯食，好過餓死！

源經理　　餓死？

李凡响　　係，餓死！我跟師父學花旦以為有出路，而家你哋女花旦當紅喇，連我師父花旦王肖艷儂三個字都唔夠你呢個「新花旦王」花艷紅咁響喇，要提早收山喇！咁我學花旦嚟做乜？仲唔係要餓死？（望小娟）做人哋衣箱都好過我哋呢班花旦徒弟，唔係咩？個個掛頭牌嘅老倌都要請人做衣箱，（向源經理）但係戲班仲會請我哋呢啲氣都未抖過就已經過氣嘅男花旦仔咩？源生，你會請我咩？

源經理　　呢啲係大勢所趨，你整盲咗紅姐，好啦，紅姐做唔到戲喇，你安樂啦？之但係又有第二個紅姐啫！紅姐、綠姐、碧姐、菁姐、紫姐……仲有大把女花旦，你整盲咗紅姐都係冇機會出頭㗎！

李凡响　　我唔諗得咁多，我只係知道我十二歲就跟師父，斟茶、採骨、撥扇、點煙，四點鐘起身吊聲練功、六點鐘抹地、煲水、煮飯，晚黑等人人瞓晒覺先至沖涼、洗衫、睇腳本……我書都唔讀，甘願流汗、流血、流淚……都係為咗仰慕師父嘅成就，要學佢，要做肖艷儂第二！師父對我好好，冇刻薄我，乜都教晒我，我亦都自問好努力，好喇，我而家學到八、九成喇，又點？男花旦？冇人請，冇得落班，咪只有等餓死 —— 唔止，係吽死！……你哋拉我去差館啦！等聽日新聞紙登出嚟：「末代男旦愛徒摧花洩憤！」哈哈，都好，等人知道我哋啲男花旦仔嘅慘況！

【眾怔着，不知如何回應。】

賽飛鴻　（稍有點兒同情）個個學戲都係要捱㗎啦！寫包單實會
　　　　紅嘅咩？

李凡响　我唔係話實會紅呀，我只係想有機會俾我試吓啫！但係
　　　　而家⋯⋯

王醒非　咁成擔心機擺晒落去，一心要做男花旦，到頭嚟連試嘅
　　　　機會都冇喎，係濕滯啲嘅⋯⋯

花艷紅　娟，攞張新聞紙嚟！

小娟　　吓，又新聞紙？

花艷紅　阿凡，你睇吓⋯⋯（把新聞紙摺成信柬模樣，然後煞
　　　　有介事地唱做了一小段《西廂待月》紅娘「遞柬傳書」
　　　　的戲段）（白）：「小姐封信係假㗎！」（南音）「可笑你
　　　　自作多情何太甚，（二王）就把書函奉上警醒你嘅迷夢
　　　　痴魂。」

70

【花艷紅邊唱邊做手。】

花艷紅　（解釋）我呢兩句「遞柬傳書」嘅唱腔係學儂哥嘅，啲碎
　　　　步、身段亦都係學儂哥嘅。我嘅花旦唱做，好多都係
　　　　向儂哥偷師。阿凡，你有福氣，可以向儂哥拜師，得佢
　　　　嘅絕學真傳，我就冇咁好彩，只能夠靜靜偷師，自己揣
　　　　摩。你再睇⋯⋯

【花艷紅一定神，瀟灑地脫下了花旦服，拿起了一把扇子，轉了
個模樣神情，竟然反串唱出了《西廂待月》張生的戲段。】

花艷紅　（士工首板）「在西廂，寂無聊，滿胸惆悵。」

　　　　（慢板）「夜沉沉，人寂靜，望窮秋水，還不見嫦娥仙女，下落塵寰。」

【各人目瞪口呆。】

靚勝華　艷紅，你幾時學埋我文武生嘅腳色？

花艷紅　（笑，續唱）（中板）「……耳邊廂，又聽得碧欄杆外，像有金蓮」（轉滾花）「步響。（煞板）莫不是，嫦娥下界，抑是素女臨凡。」

【眾鼓掌。】

花艷紅　（向勝）點呀，勝哥？我呢個張生合唔合格？

靚勝華　何止合格，簡直係翻生張生。

花艷紅　咁你唔呷醋咩？

靚勝華　呷醋？

花艷紅　同你比較嘛？

【靚勝華有點猶豫……】

賽飛鴻　仲好喇，阿勝！有得比較仲好喇，我學你嘅，你學我嘅，咁先至有進步嘛！

花艷紅　咁你會唔會嬲？

靚勝華　嬲？

花艷紅　踩過界，做埋你文武生嘅行當？

【靚勝華心有不悅，強作掩飾……】

王醒非　仲好喇，阿勝！紅姐佢做得花旦，做得文武生，咁我哋「勝艷年」咪可以做生旦戲《胡不歸》，又可以做雙生戲《香羅案》，仲唔旺台？係咪呀，源經理？

源經理　當然，當然！

花艷紅　阿凡，我而家唔叫你凡哥，直頭叫你阿凡，因為聽完你頭先嗰一番話，我覺得我哋唔使表面上嚟客客氣氣嗰一套，我同你可以講真心話。你把聲柔中帶剛，朗而圓潤，你大可以轉攻文武生，鑽研出一套獨特嘅唱腔，將來一定大有成就，成就非凡呀！

李凡响　轉攻文武生？咁我一直以嚟跟師父學嘅嘢咪嘥晒囉？

花艷紅　邊會嘅？融會貫通，兼收並蓄，自成一家嘛！

李凡响　可以咩？

王醒非　點會唔得？你睇頭先紅姐唔係由旦轉生，一下定神，就已經由紅娘「遊」咗去張生嗰度！

賽飛鴻　肥非，估唔到你仲係肥「遊」（油）嚟！好一個「遊」字，粵劇行當，就係妙在可以「遊」來「遊」去！你睇五哥，允文允武，能生能旦亦能丑，冇一樣唔得心應手，真係「萬能泰斗」，咁先至係闖藝術嘅高峰！

李凡响　但係粵劇界就只得一個薛覺先啫！

花艷紅　你未試過又點知唔得？

王醒非　等我醒吓你啦阿凡 —— 得閒就攞兩支孖蒸嚟，同鴻叔摸吓酒杯底，或者鴻叔肯教你呢？

賽飛鴻　拔蘭地就差唔多！

王醒非　（見勝不悅）呀，都係唔好！你啲係武生戲，而家興文武生擔正，要學都要學我哋靚勝哥啦！

靚勝華　我冇話過我肯教㗎！

花艷紅　我哋可以一齊切磋研究啫！

李凡响　咁樣踩過界，唔知師父鍾唔鍾意？

花艷紅　我諗如果儂哥後生啲，佢都會咁做。

源經理　更何況時勢唔到你唔轉？

花艷紅　而且你轉攻文武生，唔係表示唔再跟儂哥㗎？儂哥咁多年嘅演出經驗，已經到咗爐火純青嘅境界，有乜嘢佢會唔識教你吖？

李凡响　……係呀，我記得有次偷偷見到師父練唱《山東響馬》嘅「困寺」……（學唱）（二黃）「好一比籠中鳥，插翅不能高飛，好比網中魚，有水難游，難以逃出網羅，叫我怎樣行藏。」（頓悟）我本嚟係「困寺」嘅山東響馬，好彩今晚得遇你哋幾位廣東先生嘅指點，真令俺茅塞頓開！

花艷紅　（喜）我真係冇睇錯。你哋聽吓阿凡呢幾句二黃，運腔連疊，一氣呵成，忽而低沉，忽而高揚，真係別有風致。你肯下苦功，將來一定創出你獨特嘅「凡腔」，瘋魔梨園！

李凡响　轉攻文武生，另闖出路！點解我之前冇諗過？真係多謝晒紅姐、鴻叔、非哥……勝哥！……請受儂家 —— 唔係，係小生一拜！（跪下）

花艷紅　（扶起凡）大家同輩，我受唔起，只不過為粵劇藝術，我哋一齊攜手努力啫！你又可以傳授俾我儂哥嘅身影步法，幫我建立起更全面嘅舞台形象，唔使我再偷師！

【各人互笑，除勝外。】

小娟　咁而家應該邊個斟茶俾邊個？

【各人再笑。】

【此時劇務明叔匆匆進入。】

源經理　乜嘢事呀，明叔？

花艷紅　明叔，係咪聽到有咩最新消息？

明叔　電台啱啱有特別報告，蔣介石今日喺廬山談話會發表《廬山宣言》，宣佈準備決心抗戰到底！

眾人　好呀！終於宣佈抗戰嘞！

王醒非　總算你老蔣做番齣好戲！

賽飛鴻　我哋一於用粵劇去勞軍！

花艷紅　呢啲遲啲先啦！先講聽晚！源生，聽晚我想改戲碼，演《梁紅玉》！明叔，同我搵個最大嘅鼓，我要同觀眾一齊擊鼓退日兵！

源經理　你發咗癲咩，艷紅？戲匭一早安排好，都係演《西廂待月》，告白都賣晒啦，話改就改咩？

賽飛鴻　今晚即刻漏死落去報館賣過段新告白，聽日登出，通知觀眾改戲碼！

王醒非　標題仲要雞姆咁大隻字：「『勝艷年』響應抗日，梁紅玉代俏紅娘，太平擊鼓退日兵！」包保你太平聽晚爆到瀉！

【明叔即用筆記下。】

眾人　好嘢！

賽飛鴻　你肥非肥油多啫，計仔都咁多！

源經理　喂、喂、喂，即使改得切，叫起手你哋做得掂咩？

賽飛鴻　冇問題，我哋今晚通宵講戲！

小娟　咁嫦姐同潘哥呢？

王醒非　冇問題！《梁紅玉》又唔係新戲，唱兩句就記得番晒喇，佢兩個叻仔叻女嚟嘅，唔係點會搭得上金四少同四姨太……

花艷紅　阿娟，橫掂你咁多嘴，到時你匿喺旁邊，做埋提場提詞，咁就唔會失拖嘞！

源經理　就算你哋做得掂 —— 我信我「勝艷年」嘅大老倌實掂嘅！—— 但係你哋一個二個咪咁興奮住！呢度係香港，香港係英國嘅殖民地，英國目前仲冇同日本反面，所以以香港政府要保持中立嘅！如果我哋咁激情鼓動

起群眾嘅抗日情緒，香港政府可能會搵我哋麻煩嘅。你哋要同我呢個戲院經理諗吓先得㗎！我間係太平戲院呀，我要嘅係太平，唔係打仗呀！

花艷紅　（指向辦公室對聯）源生，你睇：「太古衣冠猶慕漢，平臺歌舞足移人。」太平歌舞，都係要移風易人啫！而家係民族存亡嘅大關頭呀！呢場仗唔到你唔打㗎！用戲去鼓舞人心，我哋戲人責無旁貸！

王醒非　責無旁貸，講得好！

賽飛鴻　我哋係觀眾嘅偶像，我哋應該要帶頭！

源經理　咁香港政府嗰邊呢？

花艷紅　我哋萬眾一心，香港政府唔敢對我哋點嘅！

源經理　你哋真係要……（向勝）咁你呢？勝哥？

靚勝華　（稍遲疑）咁好啦！聽晚《梁紅玉》，艷紅，俾你掛頭牌先，跟住第二晚做《張巡殺妾饗三軍》，係文武生戲，由我靚勝華擔正！

小娟　　咁我去買宵夜，一於「靚勝宵夜饗三軍」！

明叔　　我即刻趕去報館落告白！

源經理　咁……

賽飛鴻　仲有，我提議聽晚演出《梁紅玉》之前，我哋「勝艷年」全團上下，由我哋六條台柱連埋二步針、拉扯、手下同梅香，唔分大細莊閒，一齊加唱薛覺先嘅新曲《咬碎寒關月》，壯壯聲威……

王醒非	最好仲叫埋其他班嘅老倌一齊嚟唱，索性打破戲班嘅界線，一齊唱老揸嘅抗戰歌！
明叔	再由源生你親自當眾解釋臨時改戲碼嘅原因，包保……
靚勝華	咪住先，臨時臨急搵得幾多個大老倌呀？
小娟	搵得幾多得幾多啦。
花艷紅	阿凡，你都嚟埋吖！
李凡响	吓，我都有份？
靚勝華	佢正話先……
賽飛鴻	國家興亡，匹夫有責。好！嘰仔凡，預埋你！
李凡响	我……
王醒非	我乜嘢吖，都話預埋你！
李凡响	各位，國難當前，你哋都咁有家國嘅情操，想我李凡响當初只係關心自己嘅飯碗前途，仲要衝動到要整盲紅姐你對眼，我真係覺得好慚愧……既蒙不棄，儂家……
花艷紅	仲儂家？
李凡响	……小生，就大膽跟大家學嘢啦！
眾人	好！
源經理	咁……明叔，咁仲唔快啲去落告白！
明叔	係！（邊走邊說）「『勝艷年』響應抗日，梁紅玉代俏紅娘，太平擊鼓退日兵！」妙！……

王醒非　（叫出去）仲要加多句 ——「全體紅伶傾情加唱《咬碎寒關月》」呀！

明叔　　（回應）哦！「全體紅伶傾情……」（下）

小娟　　咁宵夜買唔買埋凡哥嗰份呀？

【眾笑。】

【轉燈回應。】

【幕慢閉。】

【播出薛覺先唱《咬碎寒關月》。】

畫外音　「殲彼凶仇，殲彼凶仇，縱苦辛與艱險，勿更忍受，要堅心來圖強，共同努力來爭鬥；人人同心，快快救。國衰弱，本可羞，民賴國佑，國賴民厚，勿再束手，快來為國分憂，誓死奮鬥，滅了日寇，快哉！我國錦繡河山，永保毓秀！」

78　【幕閉。】

時：1956 年 11 月 1 日

地：電台播音室

人：魯友（電台《天空小説》播音員）

【《天空小説》的音樂起。】

【大幕前演區燈亮，魯友再出場，在電台播音室講《天空小説》。】

【《天空小説》此段可選擇以「畫外音」方式演出。】

魯友　各位親愛嘅聽眾，結果第二晚係咩情況，相信大家都估到啦！「勝艷年」全團上下加埋其他大老倌 —— 當然，仲有李凡响 —— 一齊高歌薛覺先嘅新曲《咬碎寒關月》，引起全間戲院嘅哄動，一時間，粵劇界空前團結，各個戲班紛紛演出振奮人心嘅劇目，甚至義演籌款，支援前線嘅抗戰……可惜，戰火無情，中國喺戰場上節節敗退，1938 年 10 月 21 日，廣州淪陷，大批粵劇伶人走落嚟香港，繼續響鑼。但係到咗 1941 年 12 月 25 日，香港都淪陷喇。

喺淪陷嘅第二日，日本人通知留港嘅藝人到上環大同酒家聚會，強迫藝人開鑼演戲，以表現佢哋日本佔領區嘅所謂「繁榮」喎，兼且仲將各個大老倌嘅衣箱集中晒喺利舞臺，邊個老倌肯聽話演出，就每人每日發給大米十斤，邊個唔肯演出嘅就冇得食！好喇，各位親愛嘅聽眾，你估當時嘅粵劇藝人，點樣面對呢次考驗？演？定唔演？唔演，就冇飯食。演，就要甘願做「落水藝人」。如果係你，你會點選擇？「勝艷年」嘅大老倌又會點樣決定？

好嘞，而家時間啱啱夠鐘，欲知後事如何，請留意收聽我魯友嘅天空小說《戰火梨園》嘅下一回播出啦！再見！

【大幕前演區燈滅。】

【《天空小説》的音樂淡出。】

【全劇完。】

與劇本相關的時局
與粵劇概況年表

（1842–2021）

年份	大事
1842	《南京條約》簽訂，清廷割讓香港島予英國。
1868	同慶戲園（位於普慶坊及普仁街交界）約於此年前後建成，是為香港開埠以來之第一間戲院。
1870	高陞戲院落成。（此據黎鍵著：《香港粵劇敍論》，若據古物古蹟辦事處編製的「中上環文物徑」資料，則高陞戲院約於 1890 年落成。）
1874	2 月 4 日，《循環日報》創刊，利便粵劇訊息的傳播。
1902	九龍普慶戲院建成。
1902	廣州樂同春班起用女旦，隨即被禁。（粵劇戲班傳統是由男性藝人組成全男班演出。）
1904	太平戲院落成。
1904	1904–06 年間，陳少白、黃魯逸、程子儀等在省、港改良粵劇，編演《文天祥殉國》、《秋瑾》等新戲，宣揚革命思想，時稱「志士班」。
1910	陳非儂在廣州嶺南學校小學部升讀中學部，參加廣州第一個白話劇團「民樂社」，年僅十一歲，被譽為「神童」。
1911	辛亥革命成功。
1912	中華民國成立。
1912	廣州共和樂班再試起用女旦，不久亦被禁止。

二、《戰火梨園》獨幕劇（2010）

年份	大事
1915	北京《青年雜誌》雜誌創刊（翌年改名《新青年》），開展新文化運動。
	十五歲的馬師曾考入廣州敬業中學，在學期間，曾參加學校組織的「文明戲」演出活動。
1917-18	薛覺先（家中排行第五，人稱五哥、薛老揸）參加香港基督教青年會話劇團，飾演童角。
1919	第一個粵劇全女班「名花影」出現，台柱是文武旦張淑勤。
1921	薛覺先拜師新少華，正式學藝，開展粵劇事業。次年（1922）演出西裝戲《三伯爵》，一舉成名。
1923	薛覺先在「人壽年」班，演出《西廂待月》等劇目。
	馬師曾從南洋回港發展粵劇事業，在丑角上多番研究，創出獨特風格的「馬腔」（俗稱「乞兒腔」），大受歡迎。
	陳非儂於同期前後，從廣州來港習商，業餘參加香港白話劇社「琳琅幻境社」，演出加入粵曲的「半文明戲」。
1924	陳非儂在南洋加入「永壽年」班，拜小武靚元亨為師，飾演旦角。
1925	利舞臺戲院建成。
1928	高陞戲院重建。
1929	薛覺先組織「覺先聲」劇團。
1930	「覺先聲」劇團演出《白金龍》等劇，改革化裝、服裝、舞台裝置和劇場陋習，卓有成效。
1930 年代	薛覺先駐高陞戲院組「覺先聲」，馬師曾踞太平戲院擁「太平劇團」，兩戲班分庭抗禮，各領風騷，是為「薛馬爭雄」的年代。
1931	中央戲院建成。
	「九一八」瀋陽事變，東三省陷落。
	薛覺先用白布痛書「當娛樂中勿忘瀋案恥辱」十個大字，掛於舞台前沿，警醒觀眾；致電慰問東北抗日游擊英雄馬占山將軍，並編演新劇《馬將軍》（以東郊犯境為背景，以馬岱破羌兵為史實）；還在演出中多次加插講演，發動觀眾捐款援助馬占山，在班裏則帶頭發動捐薪。

年份	大事
1932	「一二八」淞滬抗戰，第十九路軍奉命撤退。
1933	5月31日，中日簽署《塘沽協定》，中國軍隊退出熱河和冀東。
	薛覺先應邀在上海灌錄唱片後，即席揮毫題「長歌寄意」四字，旁加註釋：「國難當前，敢以弦歌喪志？人心宜結，請從謳樂移風。讀岳武穆《滿江紅》，精誠奮發，長歌寄意，真不覺擊碎唾壺也。」
	10月26日，《天光報》刊登港府正式批准男女班演出的報導。
	11月25日，港督貝璐爵士在立法局通過的粵劇男女不禁同班法例正式生效。
	香港第一個男女班是由薛覺先與唐雪卿、陳錦棠等臨時組成的「覺先聲男女劇團」。
	譚蘭卿加入「太平劇團」，成為男女合班第一批坤旦之一。
	廣州仍禁男女同台，全男班仍是主流。
1935	何非凡師從石燕子、陳醒章學習粵劇。（何非凡曾學花旦，但隨着男花旦漸遭淘汰而改攻文武生。）
1936	廣州粵劇男女不能同班的禁令亦解禁。
	年底，薛覺先在廣州組織「覺先聲第一男女劇團」，與上海妹、廖俠懷拍檔。演出劇目當中有《咬碎寒關月》等。
1937	7月7日，盧溝橋事變爆發。
	7月16日，國民黨召開盧山談話會，討論中日和戰局勢。
	7月17日，蔣介石在盧山談話會發表《盧山宣言》，指出已到最後關頭，決心抗戰。
	藝人鄧碧雲從廣州來港定居，拜著名粵劇男花旦鄧肖蘭芳學藝。
1938	10月21日，廣州淪陷。
	廣州「八和戲劇協進會」遷來香港，薛覺先仍任理事長，領導全行參與抗戰活動。
	覺先聲男女劇團演出劇目當中有《張巡殺妾饗三軍》等。

年份	大事
1939	鄧碧雲於「錦添花」劇團擔綱正印花旦。
1940	覺先聲男女劇團在香港、九龍演出，劇目當中有《梁紅玉》等。
1941	12月25日，香港淪陷。
	12月26日，日本人通知留港藝人到上環大同酒家聚會，一方面將各藝人衣箱集中利舞臺，一方面以發給大米為誘，脅迫藝人開鑼演戲。
	香港淪陷後數天，日駐軍報導部文化專員禾久田幸助親到覺廬「拜訪」薛覺先，從此薛覺先行動受到監視。
1942	關德興、陳非儂、馬師曾、梁醒波、劉克宣等粵劇藝人及時逃離香港並輾轉赴內地。
	春節開始，薛覺先被迫與楚岫雲、上海妹、馮俠魂等先後在娛樂戲院、利舞臺和普慶戲院演出三個月，劇目是《西廂待月》、《紅娘》和《胡不歸》等。
	7、8月間，薛覺先帶劇團到廣州灣（現湛江市）演出。在報上刊登《脫離敵寇羈絆返國服務的啟事》。9月30日晚，在赤坎開演《嫣然一笑》未久，連夜走過寸金橋，進入廣西大後方。
1942–45	一批新秀藝人在港乘時而起，淪陷期間，香港上演過的戲班劇團共三十七個。
1944	湘桂大撤退開始。薛覺先在那坡，無法演出，迫得宣佈散班。
1945	8月30日，香港重光。
1946	陳非儂退出劇壇。
	李我與著名導演任護花在廣州風行電台首創《天空小說》，意思是「把小說的聲音，通過空氣傳播至每家每戶的收音機」。
	《真欄日報》創刊，專門報導梨園等娛樂資訊。
1947	何非凡自組「非凡响劇團」，與花旦楚岫雲合演《情僧偷到瀟湘館》，大受歡迎。
	鄧碧雲自組「碧雲天」劇團，演出多齣名劇，以演出多樣化揚名，能勝任不同類型的角色，甚至反串生角，兼唱平喉子喉，故享有「萬能旦后」之美譽。

年份	大事
1949	3 月 22 日，麗的呼聲開台廣播，李我從廣州來港加盟，一年間令該台訂戶激增六倍。從此《天空小説》瘋魔香港聽眾。
	10 月 1 日，中華人民共和國成立。
1951	何非凡等組成「大歡喜劇團」，假中央戲院開鑼，演出《群英大會凱旋門》，由於政治因素，香港政府頒令禁演，第二晚推出《壯士狂歌入漢關》、第三晚推出《秦淮河畔萬人塚》，都同樣被禁。至第四晚推出《碧海狂僧》，乃大收旺場。
1952	陳非儂在香港主辦「非儂粵劇學院」(後改名為「香江粵劇學院」)，培育粵劇人才。
1955	馬師曾、紅線女回到廣州定居並參加廣東的粵劇工作。
1956	10 月 31 日晚，薛覺先在廣州市人民戲院演出《花染狀元紅》，演出間腦溢血，雙腳麻痺，仍堅持演至終場和謝幕。送院搶救無效，於翌日下午五時七分逝世。
	馬師曾被任命為廣東粵劇團團長，與紅線女合演新編劇目《昭君出塞》，不久又合演根據同名瓊劇傳統戲改編的《搜書院》；被選為全國政協委員、中國文學藝術界聯合會全國委員會委員、中國戲劇家協會常務理事等職，被評為「廣東省文化先進工作者」。
1958	廣東粵劇院成立，馬師曾被任命為院長，演出根據田漢同名話劇改編的粵劇《關漢卿》。
1959	鄧碧雲獲香港報章選為花旦王。
1961	鄧碧雲再度獲香港報章選為花旦王。
1964	馬師曾病逝北京。
1980	何非凡病逝香港。
1984	陳非儂病逝香港。
1991	鄧碧雲病逝香港。
2021	李我病逝香港。

首演定稿：2011 年
重新修訂：2023 年

演出資料

首演

日期及場次： 2011 年 1 月 2 日 4:30pm
地點： 西營盤社區綜合大樓禮堂
主辦： 中西區區議會文化康樂及社會事務委員會（文化落
區 2010/11 系列）

編創、製作人員：

監製： 卓躒
統籌： 余世騰
編劇： 白耀燦
導演： 葉萬莊
戲劇文學指導： 張秉權
粵劇指導： 何孟良
舞台設計： 胡民輝
音樂及音響設計： 黃伸強
服裝設計： 呂瓊珍
化妝造型： 黃德燕
舞台監督： 何月桂

演員 / 角色：

菁瑋	飾演	花艷紅
蔡瀚億	飾演	李凡响
喬寶忠	飾演	賽飛鴻
卓躒	飾演	靚勝華
鍾寶強	飾演	王醒非
堃靈	飾演	源經理
黃華	飾演	明叔
白耀燦	飾演	魯友

重演

日期及場次： 2011 年 7 月 3 日 2:30pm 及 7:30pm

地點： 香港大會堂劇院

主辦： 中西區區議會文化康樂及社會事務委員會（紀念
辛亥革命百周年系列之《辛亥‧風雨‧香江情》）

（是次演出，同場尚有《風雨橫斜》、《蘭坊議反》兩劇。）

編創、製作人員：

監製：	卓躒
統籌：	余世騰
編劇：	白耀燦
導演：	葉萬莊
戲劇文學指導：	張秉權

粵劇指導：　　　　何孟良
舞台設計：　　　　胡民輝
音樂及音響設計：　黃伸強
服裝設計：　　　　呂瓊珍
化妝造型：　　　　黃德燕
舞台監督：　　　　何月桂

演員／角色：

菁瑋　　飾演　花艷紅

鄭嘉俊　飾演　李凡响

何孟良　飾演　賽飛鴻

卓躒　　飾演　靚勝華

喬寶忠　飾演　王醒非

郭惠芬　飾演　源經理

黃華　　飾演　明叔

白耀燦　飾演　魯友

演後回響

「從空中廣播切入兩條主線：一是上世紀三十年代，戲行男女同班禁令撤銷，男花旦何去何從？二是盧溝橋事變，日本侵華，身為梨園子弟，應否窺避社會責任，如何發揮伶人在民間的號召力和影響力？劇中人物是虛構的，但能緊扣時事，結合歷史、社區生活、藝術文化元素，編織成約半小時的短劇。」

張敏慧
〈尋舊蹤，看好戲〉
《信報》，2011 年 1 月 11 日

「十分讚賞區議會的文化落區活動。極需要繼續舉辦，造福社群。謝謝區議會。致群的劇甚好，值得繼續演出，推廣文化活動，發揚光大。整體戲劇十分精彩，可喜可賀。」

觀眾留言
2011 年 1 月

「很喜歡《戰火梨園》，在編劇的筆管下，透視出梨園源遠流長的一瞬動人時空。可惜那次中西環實地導賞和在高街社區綜合大樓會堂的演出我未能參加，否則在那地方觀賞更有一番滋味。」

觀眾留言
2011 年 7 月

歷史與戲劇之間
—— 演後評論及其他

歷史的質感

林克歡

　　案頭擺着一本致群劇社即將投入排練、演出的新編歷史劇《斜路黃花》（編劇白耀燦），張秉權博士囑咐我讀後撰寫一篇有關「歷史與戲劇」的短文，我未及細想便應承下來。及至執筆，枯坐多時，筆下發虛，方意識到這一回真正碰上一個具有高度爭議性的複雜課題了。

　　説歷史劇、歷史小説，屬於虛構性敍事作品，這沒有異議。然而，何謂「歷史」？《説文解字》曰：「史，記事者也。」其事指的是國君、社稷的編年紀事。英語「chronicle play」中的「chronicle」，指的正是這類「編年史」。出版於 1623 年的莎劇《第一對開本》，將莎翁的劇作分為喜劇、歷史劇和悲劇三種。但只將改編自英國編年史的《亨利六世》（上、中、下）、《理查三世》、《約翰王》和《理查二世》、《亨利四世》（上、下）、《亨利五世》、《亨利八世》十部作品稱為歷史劇，而將《安東尼與克莉奧佩特拉》等作品稱為悲劇。連為《莎士比亞全集》作序的莎劇專家約翰遜（S. Johnson）也認為「這樣的分法似乎並沒有根據很明確的概念。」而英語「historical novel」中的「historical」，卻是泛指一般意義上的「歷史」。即便如此，也不完整。因為在正史之外，尚有野史；在成文歷史之外，還有瞽史、野謠村俗等活生生的史料……

至於戲劇方面，我們經常聽到有人將其作品稱為「歷史劇」、「歷史故事劇」、「新編歷史劇」，瑞士當代劇作家迪倫馬特（F. Dürrenmatt）更將他的四幕喜劇《羅慕路斯大帝》稱為「非歷史的歷史劇」。如此看來，何為「歷史」？何為「歷史劇」？恐怕均是歧義叢生、莫衷一是了。

　　多年來，歷史是史官著於竹帛載於經籍的文字？還是民族關於前塵後事的集體記憶？歷史編撰究竟是科學？學術？抑或是敘事話語？歷史話語指向的是不以歷史學家意識為轉移的真實的過去？還是一種滲透着虛構的詩化行為？一直困擾着許許多多的歷史學家和歷史哲學家。後現代歷史學的興起，徹底地否定了歷史客觀性、公正性這回事兒，認為所有的歷史著作，都只是一個帶有許多副文本的文本而已。海登‧懷特（Hayden White）在《元史學：十九世紀歐洲的歷史想像》（*Metahistory: The Historical Imagination in Nineteent-Century Europe*）一書中，更把相對主義概念推到極限。在他看來，歷史，無論是對世界的描述、分析、敘述、解釋還是闡釋，都是一種帶有虛構性、敘事性的話語形式，都必定帶有倫理的、哲學的含義，都不同程度地參與了對意識形態問題的想像的解決。

　　問題是，倘若歷史的虛構真的與文學的虛構毫無二致，為甚麼許多專事虛構的文學家、戲劇家，總是喜歡沾親帶故地與歷史拉扯上關係？巴爾札克（Honoré de Balzac）宣稱自己是「歷史的抄寫員」。郭沫若說歷史劇作家是在「發展歷史的精神」。或許如德國存在主義哲學家卡爾‧雅斯貝斯（Karl Jaspers）所說的：我們是從過去的歲月中成長起來的，倘若我們不想讓自己消失在虛無迷惘之鄉，而要為人性爭得一席地位，那麼對歷史的回憶便構成我們自身的一種基本成分。

俗語説，生活之樹常青，理論總是灰色的。讓我們撇開理論迷霧，返回生活 —— 藝術實踐，或許會有另一種感悟，另一種心得。

就説致群劇社吧！致群人是一群熱愛歷史的戲劇人。從上一世紀九十年代以來，他們接連創作、演出了《瞿秋白之死》、《起航，討海號！》、《尋春問柳》、《袁崇煥之死》、《陽光站長》、《無名碑》等一系列歷史劇。其大多數作品，幾乎都涉及民族主義勃發和民族國家建立的「近代化範式」或「革命敘事」。尤其是《無名碑》和《斜路黃花》，更涉及與中國民族復興緊密相關的香港敘事及香港歷史。

《斜路黃花》固然也寫到歷史人物李紀堂、謝纘泰、洪全福、王煜初的身影和行狀，也塑造了周慕生、傅小紅等大義凜然、慷慨赴死的革命志士的光輝形象，然而真正蘊含豐厚、意義深遠的，卻是成功地形塑了殷商名流周伯鑾這一純虛構的人物形象。他救下險被賣為妓女的孤女昭蘭，旋又將其納為侍妾；他經營東華醫院、保良局，散藥救活、收養病癃、施棺掩埋，做過許多濟世扶危的善事，然而在那場危及全港居民生命的大鼠疫中，他首先想到的是將住家從居賢坊搬至地勢較高的洋人聚居地般含道；他從反對革命到同情革命的轉變，其政治情懷始終連筋帶肉地緊繫着家族、親情的血脈臍帶……沒有道德價值的預設，不作主題演繹的觀念化操作，劇作家呈獻給我們的，是特定身份、特定生存處境中活生生的人物性格，是跪拜祖宗、納妾婚娶這類日常生計、日常勞作的瑣碎敘事。然而正是這些深深地嵌入在中國百年興亡史縫隙間的瑣細敘事，顯露出真實生活那未經修飾的粗糙面相與毛茸茸的歷史質感。

比較可惜的是，東華醫院、保良局這條線索未能充分展開。一如冼玉儀在《權力與慈善》（*Power and Charity: The Early History of the Tung Wah Hospital, Hong Kong*, Oxford University Press, 1989）中所講述的東華醫院早年的醫療史，其實是擁有共同文化和族群認同的香港華人的歷史，是殖民話語中被遺漏的香港華人聲音的鄭重發聲。

歷史敘事不脫虛構，又不全是虛構。我贊同英國歷史學家羅素（B. Russell）的見解，爭論歷史是科學還是藝術毫無意義。為甚麼歷史就不能處於科學與藝術之間的模糊地帶呢？戲劇與歷史結緣，不是要將戲劇變成歷史著作，而為了獲得深刻的歷史感。戲劇家的歷史省思，是為了創造性地想像現實發展的多種可能性。

2010 年 1 月 10 日草於北京

（原刊《斜路黃花》演出場刊，致群劇社，2010、2011 年）

林克歡
戲劇學家，國家一級評論家

歷史與戲劇之間——演後評論及其他

當代戲劇創作要觀照「歷史」與「現實」

林克歡

第 40 屆香港藝術節舉辦期間,中外戲劇演出精彩紛呈,近日在香港致群劇社舉辦的「歷史如何走進戲劇」研討會上,香港話劇團藝術顧問、原中國青年藝術劇院院長林克歡表示 ——

當代戲劇創作要觀照「歷史」與「現實」

後現代歷史學的興起,徹底地否定了歷史的客觀性、公正性,認為所有的歷史著作,都只是一個帶有許多副文本的文本而已。海登·懷特(Hayden White)在《元史學:十九世紀歐洲的歷史想像》(*Metahistory: The Historical Imagination in Nineteenth-Century Europe*)一書中更把相對主義概念推到極限。在他看來,歷史,無論是對世界的描述、分析、敘述、解釋、還是闡釋,都是一種帶有虛構性、敘事性的話語形式,都必定帶有倫理的、哲學的含義,都不同程度地參與了對意識形態問題的想像性解決。

問題是,倘若歷史的敘事與文學的虛構毫無二致,為甚麼那麼多文學家、戲劇家、哲學家,總是喜歡沾親帶故地與歷史拉扯上關係?巴爾札克(Honoré de Balzac)稱自己是「歷史的抄寫

員」。郭沫若說歷史劇作家是在「發展歷史的精神」。存在主義哲學家卡爾‧雅斯貝斯（Karl Jaspers）則說，對歷史的回憶構成我們自身的一種基本成分。

黑格爾（Hegel）在其巨著《美學》（*Lectures on Aesthetics*）中寫道：「不能剝奪藝術家徘徊於虛構與真實之間的權利。」耶魯大學教授彼得‧蓋伊（Peter Gay）在《歷史學家的三堂小說課》（*Savage Reprisals: Bleak House, Madame Bovary, Buddenbrooks*）一書中說：「在一位偉大的小說家手上，完美的虛構可能創造出真正的歷史。」

問題是，虛構容易，真實難求。西方的歷史學家，從奧古斯丁（Saint Augustine）的《上帝之城》（*The City of God*）（宗教哲學），到維科（Giambattista Vico）的《新科學》（*The New Science*）（歷史哲學的世俗化），到康德（Immanuel Kant）、黑格爾把歷史看成是人與社會制度不斷順應理性觀念的過程，再到二十世紀七十年代分析哲學興起，促成歷史哲學研究的語言學轉變……都無法解決歷史究竟是事實還是虛構，歷史研究究竟是科學還是藝術。

與歷史隔空對話，不論歷史本質與歷史真實

在我國，二十世紀四十年代、六十年代、七十年代末至八十年代初，曾經有過三次有關歷史劇的討論。四十年代正是國共合作、抗日戰爭進入相持階段，大後方出現一次歷史劇創作的繁榮局面，湧現了郭沫若的《棠棣之花》、《屈原》、《虎符》、陽翰笙的《天國春秋》、歐陽予倩的《忠王李秀成》、阿英的《明末遺恨》、姚克的《清宮怨》、吳祖光的《正氣歌》……無不強調團結

禦侮、反對分裂的主題。同時，幾十位文化界人士參與歷史劇問題討論，強調的重點是：一、歷史真實；二、古為今用。二十世紀六十年代，國內正面臨三年自然災害等重大事件，全國大寫特寫《文成公主》和《越王勾踐》。據不完全統計，全國有一百多個劇團先後創作、演出勾踐復國的故事，宣揚嘗膽臥薪、艱苦奮鬥的精神。時任文化部領導的茅盾發表了《關於歷史和歷史劇》的九萬字長文，主張歷史劇既是藝術又不違背歷史真實。二十世紀七十年代後期，「四人幫」垮台、「文革」結束，《大風歌》(陳白塵著)、《秦王李世民》(顏海平著)等劇應運而生，作品抒寫劉邦老臣反對呂后篡權和唐初的玄武門之變，一個重要目的均在批判「四人幫」篡權竊國。當時的一批有關歷史劇的論文中，最重要的是郭啟宏的《傳神史劇論》，提出「傳歷史之神」、「傳人物之神」、「傳作者之神」。

然而歷次爭議中，何為「歷史之本質」、「歷史之真實」、「歷史之神」……均是歧義叢生、不可深究之抽象概念。撇開歷史哲學的高頭講章，忘記理論家們的種種主張與信條，看看古今中外的戲劇現實，我們會發現另一種完全不同的情況，在我國古典戲曲中，影響極廣、至今被不同作家、導演一再改編的元雜劇《趙氏孤兒》(紀君祥編劇)，紀君祥在創作時，對歷史記述作了多處重大改動，構成情節中心 —— 挺身救孤的，是兩個與宮廷鬥爭無關的普通人：草澤醫生程嬰和退隱老人公孫杵臼。

而至今流傳不息的三國戲中的曹操形象，與《三國志》等史書記載的曹操，幾乎是兩個完全不同的人。西方劇作中，我們較熟悉的《上帝的寵兒》(Amadeus，或譯為《莫札特傳》，編劇彼得·謝弗〔Peter Shaffer〕)，將莫札特一生的噩運，歸結為宮廷樂師薩略維的妒忌和陰謀，則完全是劇作家的虛構。香港話劇

團去年演出的《哥本哈根》（*Copenhagen*，編劇邁克·弗雷恩〔Michael Frayn〕），寫二戰期間量子物理學家玻爾與海森堡的三次會見，其真相竟像「測不準原理」一樣撲朔迷離。

以上這些例子，為我們提供了甚麼啟示呢？我為甚麼不談論歷史本質、歷史真實這類玄奧又毫無結果的爭論而談「歷史感」？因為戲劇創作首先要有藝術感覺，與歷史隔空對話，重要的是要有歷史感。羅素（Bertrand Russell）強調治史「貴有史識，貴有創見、貴能道人所不能道」。克羅齊（Benedetto Croce）說一切歷史都是當代史。科林伍德（R. G. Collingwood）認為歷史就是思想史，是人們思想活動的歷史。

不是宏大敘事的背書，而是當代生活的寫照

去年是辛亥革命一百周年，香港話劇團先後演出了《遍地芳菲》、《一年皇帝夢》，致群劇社演出《無名碑》、《斜路黃花》，香港歌劇院、香港中樂團演出歌劇《中山·逸仙》……

我認為，只有當劇作家、導演、藝術家基於現實的獨特感受，對某段歷史的人或事有話要說，才能進入歷史劇的創作，才不會人云亦云，才不會變為宏大敘事背書。

從這一觀點看來，我比較看好《無名碑》和《斜路黃花》，不僅因為它們涉及香港的本土敘事，也不僅因為作品將史實與虛構作了較好的融合，更是因為作者有感而發，不吐不快。《無名碑》的編劇楊興安是同盟會早期領導人楊衢雲的後人。他的創作動機既單純又質樸。他痛惜百年忠骨無人問，不忍本土英烈的事蹟被歷史煙雲所湮滅，決心「寫一齣英雄肝膽、兒女情長的舞台劇，

給香港人欣賞自己本土的故事」（〈創作《無名碑》的動力〉，見演出場刊）。白耀燦在《斜路黃花》中，以感同身受的現代領悟，着力書寫深深地嵌入在中國百年興亡史縫隙間的瑣細敘事。事實上，《無名碑》與《斜路黃花》在歷史意識上並沒有甚麼創新，既不涉及革命立憲的雙線敘事，不包含對「激進主義」的反思，也不像前幾年的電視劇《走向共和》對清末民初主流歷史敘述的顛覆（對慈禧、李鴻章等人的深切同情和某些肯定，對立憲派的重新評價）。但因其挖掘了被以往宏大敘事所忽略或故意遮蔽的史實，描摹普通人更容易感同身受的日常生計、日常勞作與歷史進程的關係，從而與以往、與他人、與主流的「辛亥革命」敘事拉開了距離。

不一定只有講述歷史故事才有歷史感，真切、深刻地描摹現實生活、現代人心理的劇作在有現實感時，也能有歷史感。這幾年我在香港看的演出不多，比較能觸動我的是莊梅岩的《聖荷西謀殺案》和黃詠詩的《香港式離婚》。

《聖荷西謀殺案》敘述發生在一間海外華人居室的兩起謀殺案。它表現了主人公無論做甚麼、怎麼做，都逃脫不了死亡的命運。生存的殘酷與荒誕，好像是一種身不由己的選擇或無從選擇。我之所以說這樣一齣敘寫漂流異國與城市異化、人性異化的懸疑劇，具有真切的現實感與深刻的歷史感，是因為在編導者、演出者不動聲色的演繹中，碰觸的正是港人離鄉背井的精神危機與此地他鄉的不安全感。

《香港式離婚》的戲劇場景主要發生在一所專辦離婚案的法律事務所。在這裏，所有的離婚案件均像一樁買賣，一件不涉及人的情感的業務。然而，反諷的是，操辦無數離婚案的律師事務

所的男女主人公，最終卻因情感變異而離婚。港式離婚正是港人情感疏離的當代寫照。

（2012 年，致群劇社舉辦「歷史如何走進戲劇」研討會，
林克歡應邀出席並於會上發表演講話。
演講內容由《中國藝術報》於 2012 年 3 月 19 日登載，
並由浙江文藝網於 2012 年 3 月 22 日發佈）

林克歡

戲劇學家，國家一級評論家

歷史與戲劇之間 —— 演後評論及其他

「歷史劇」的性格

張秉權

（一）

古今中外的戲劇，不少都取材自歷史故事。莎士比亞傳世的三十八個劇本中，通常被歸類為「歷史劇」的就有十個；中國傳統戲曲中歷史劇的例子更是多得無庸舉例。根據吳曉鈴和周貽白等的分析，這要歸因於中國歷史悠久，人們對傳統感情深厚，因而發展出借古鑒今、彰往察來的習慣。從積極處看，耳熟能詳的歷史故事為劇作者提供盡情發揮的基礎；消極地說，在高壓統治叫人不能暢所欲言的時候，劇作者也儘可以隱約其詞，聊寓憤慨。

不過，仔細看來，「歷史」與「以歷史為題材的戲劇」，在本質上卻實在不同。亞里士多德（Aristotle）《詩學》（Poetics）第九章在論述歷史和悲劇的分別時，認為前者是敘述已經發生的個別事實，而後者則是關於可能會發生的事，因此，戲劇比歷史更富有哲理、更富有嚴肅性、普遍性和詩意。

換言之，劇作家在觀察生活、感受世界、醞釀作品的時候，假如他的選擇是從歷史取材，就應該有個從構思到提煉的過程，使故事能從「個別事實」提升至具備「普遍性」，讓觀眾能夠體會到舞台上演出的事不單在過去「曾經」發生，更重要的是在以後也「可能會」發生。由於歷史重演是如此的「可能」，才叫人不得

不認真對待，不得不深刻思考。這就是亞里士多德所謂「嚴肅」和「哲理」的意思。

問題似乎簡單，可是，在現代中國戲劇史上，這「普遍」、「嚴肅」云云如何體現，卻是個十分複雜的問題，曾衍成很多不同的理解與討論。

（二）

二十世紀的二、三十年代，郭沫若、歐陽予倩等都寫了不少歷史劇。郭是借用古人的形骸，賦與新的生命，以表達時代的呼聲；歐陽予倩說得尤其清楚：

> 歷史劇要現代化而有新生命。這個可以分開兩層說：一是精神的，一是形式的。前者是就故實加以新解釋，與以新的人生觀，拙作《潘金蓮》、《楊貴妃》就是本這個意思作的。[1]

可見他們都是借古人杯酒，澆自己塊壘，故此，郭筆下的卓文君、歐陽筆下的潘金蓮等等是否真的是古人並不要緊，要緊的是能借這些叛逆的女性表達二十年代個性解放的要求。到了四十年代，郭沫若在〈歷史・史劇・現實〉中，認為歷史研究是「實事求是」，而歷史劇創作是「失事求似」，即重視普遍的哲理多於歷史的真實。其有意「失」個別的「事」而求得更普遍的「似」，其實踐早已開始。

---

1 歐陽予倩：《歐陽予倩全集》，第 4 卷，上海文藝出版社，1990，頁 63。

三十年代後期至四十年代，問題開始變得複雜。這跟抗戰的時勢很有關係。抗戰成敗關係民族存亡，大家不免都熱切參與，然而，限於國共兩黨鬥爭的政治現實，直接在劇場中議論時政，便成為非常敏感的事了。由於文網森嚴，劇作者通常會說這是「為古人翻案」，或者更美其名為「給歷史以本來面目」，其實都不過是「掉轉筆桿，齊對『歷史』，企圖『借題發揮』，『指桑罵槐』，給生活在現實裏的人們以一些『諷諭』。」[2]

這些「借題發揮」、「指桑罵槐」的「諷諭」，說白了，是要把歷史劇作為政治鬥爭的武器，至少是：寄托政治感慨的工具。

中華人民共和國成立之後，歷史劇的「諷諭」力量依然。最著名的例子或許在戲曲方面：吳晗 1960 年寫的《海瑞罷官》、田漢 1961 年寫的《謝瑤環》是否都志在諷諭，是否借作品去為彭德懷翻案，強調要為民請命，與這諷諭的客觀影響，已經是現代史上的重要一頁。與此同時，關於歷史劇本質的討論同樣繼續，其焦點在於「歷史真實」和「藝術虛構」的把握。吳晗在強調歷史根據的同時，也承認劇作家在不違反時代真實的原則下，有藝術加工甚至虛構的自由。茅盾則以為虛構雖有助增強作品的藝術性，但須以不損害歷史真實性為先決條件，即應以特定歷史條件下所可能產生的人和事，以及歷史人物的性格發展邏輯為準。

在芸芸討論中，李希凡說得最清晰了。他強調歷史劇和歷史

104

2　陳白塵：《陳白塵論劇》，董健編，北京：中國戲劇出版社，1987，頁 19。

雖然有聯繫，其性質卻完全不同：歷史劇是文藝創作，而歷史則是過去時代事實的記錄。因此，兩者有其本質上的差異：

> 無論在怎樣反映歷史真實的情況下，歷史劇都要求（不是允許）虛構。藝術的虛構，在任何品種的藝術裏，都是它區別其他科學意識形態的特徵，可以說沒有虛構也就沒有藝術。這個特徵也絕不能由於歷史劇而廢除。[3]

虛構是歷史劇的必然，其基礎當然是劇作者對歷史的理解、闡釋和發揮，而不是甚麼歷史的事實根據。李又不贊成歷史劇應肩負普及歷史知識的任務，既然寫工廠、農村、戰爭的戲不必負擔普及工、農業技術或戰略戰術知識的任務，為甚麼偏要歷史劇負擔額外的功能？他又說：

> 要它「人物、事實都要有根據」，固然不可能創造出好的歷史劇來；就是說它「主要的還是戲，是戲就得按照戲的辦法來寫」，也並不確切。因為歷史劇必須在完整的意義上是戲劇藝術，而不是其他。這裏也沒有甚麼主要是戲，次要是其他的問題，更不是按照戲的辦法寫歷史的問題，它就是戲。[4]

「它就是戲」，即是還歷史劇以藝術的「完整的」本體地位。透過約四十年的創作和理論探索，到了 1963 年，中國人對「歷史劇」的認識似乎是愈來愈清楚了。

3　李希凡：《京門劇談》，濟南：山東人民出版社，1983，頁 76。

4　同上，頁 99。

（三）

可惜，李希凡的看法不是主流。幾十年來，中國大部分的歷史劇不免過度受制於具體的「藝術以外」的要求。越王勾踐、南宋抗金、明朝平倭，以至太平天國洪楊起事等，都是歷史劇常用的題材。劇作家大部分都是要借古喻今，以振奮民族精神。據統計，歷史劇在抗戰時期的全部劇作中，前期佔百分之十四，而1941年後佔百分之三十三，可見歷史劇是時代催迫下的產物。其中以寫太平天國歷史事件的最多，這是因為太平軍早期雖然節節勝利，後來卻因內訌造成失敗，這樣的歷史教訓，對抗戰時期國共兩黨矛盾的現實更具借鑒意義。

在幾十年的眾多作品中，陳白塵的《金田村》和《大風歌》，郭沫若的《屈原》、《虎符》和《蔡文姬》，田漢的《文成公主》，曹禺的《膽劍篇》等，都是其中表表者。我們在理解這些作品的創作背景、立意和創作手法之餘，不得不承認：由於諷諭之心過烈，藝術琢磨的空間終有不足，情節的發展不免頗見生硬；而人物性格的塑造為「主題先行」所限制，也難免終有減損。限於篇幅，這裏不擬一一論述了。

取材於某段歷史，志在讓現實得到借鑒，用亞里士多德的話來說，便是從「個別事實」到「個別事實」，未能透過創作者的琢磨與醞釀，讓自歷史而來的情節與人物得到提煉，上升至「更富有哲理、更富有嚴肅性」的「普遍」層次。因此，是否能夠擺脫勉強比附現實的包袱，是歷史劇成敗的關鍵。

在戲劇的不同元素中，亞氏重情節多於人物，而近幾百年則更強調人物性格。萊辛（G.E. Lessing）在《漢堡劇評》（*Hamburg Dramaturgy*）說：「一切與性格無關的東西，作家都可以置之不

顧。對於作家來說，只有性格是神聖的，加強性格，鮮明地表現性格，是作家在表現人物特徵的過程中最當着力用筆之處。」[5]

（四）

幾十年來的多部歷史劇中，我對姚克 1942 年寫的《清宮怨》，以及何冀平 1998 年寫的《德齡與慈禧》較具好感。恰好這兩劇都是以晚清戊戌政變後中國面臨的歷史大轉折為背景，情節環繞的是宮廷事變以及中國能否銳意求新。而《清》劇的作者姚克，雖然身在抗戰時淪為「孤島」的上海，心靈仍葆自由；創作《德》劇的何冀平，雖成長於內地但早已移居香港，同樣能夠擁有驅馳創作的想像空間。因此，這兩個歷史劇都能夠擺脫「個別事實」的羈絆，「鮮明地表現性格」。

《清宮怨》刻劃光緒和珍妃在專橫的慈禧壓迫下，精神極度苦悶，因此對自由無限嚮往，對獨立的生活和人格尊嚴熱切渴望。在第一幕第二景的「舟盟」中，他們有這麼一場纏綿「情話」：

珍　　（蜑家）他們總是兩口子住一隻船，船頭上晾衣服，船梢上做飯，中間是一個小小的船艙。兩口子就住在裏頭，他們好像是無憂無愁的，只憑着一支槳，今兒要到東，就到東，明兒要到西，就到西，那才自由自在哪。

光　　天底下真有這樣快活的人！

5　萊辛：《漢堡劇評》，張黎譯，上海：上海譯文出版社，1981，頁 125。

珍　　那是奴婢親眼看見的。

光　　（幻想着）綠油油的江水，這麼一隻小船，船頭上晾着衣服，船梢上做着飯，中間是小小的船艙，只有你我兩個人……要到西就到西，要到東就到東，咱們既不用搬家，又不用跟誰請示，自由自在的，（自四面一看似乎在找甚麼東西）可是我們就短了一支槳。

珍　　假使皇上要的話，槳是可以用手造的。

光　　（低頭喝了一杯，慢慢地抬起頭來念着）槳是可以用手造的……（珍妃盼切地望着光緒，光緒忽然拉住了她的手熱烈地說）那麼我一定為了你，為了咱們的國家，造起這支槳來！[6]

　　《德齡與慈禧》怎樣塑造了一個「不一樣的」慈禧，不在本文的論述範圍。何冀平一如姚克般把握光緒的苦悶，才是我這裏要關注的。戲的第九場光緒對慈禧痛陳國勢，乞求維新，而慈禧不允，竟把奏摺摔在地上……。然後，鳥聲鏗然，這就勾起了悲苦無奈的光緒無窮感慨：

德齡　　您在看甚麼？

光緒　　（茫然）看——鳥兒，它們飛得真高。

德齡　　這麼高的宮牆，它們一樣飛進飛出。

光緒　　因為它們有翅膀。

6　姚克：《清宮怨》，北京：人民文學出版社，1980，頁39。

德齡　　《聖經》上說，只要有志向，人也能長翅膀。

光緒　　（苦笑）你真天真。[7]

　　《清宮怨》的光緒羨慕蜑家的自由自在，《德齡與慈禧》的光緒羨慕鳥兒能飛離宮牆。兩位作家分別以這種對平常不過的人與鳥的歆羨，突出這個「特定」皇帝極不堪的生存狀態。唐人王昌齡詩：「玉顏不及寒鴉色，猶帶昭陽日影來」，寫的是人不如鴉的宮怨，其不足之恨在欠缺溫暖；光緒之怨在為宮所囚，欠缺自由高飛的能力，故同樣「不及」漁人，「不及」雀鳥！這上承唐調的婉轉詩情，給劇本加添幾分餘韻；而這就正是亞里士多德所謂的「詩意」。

　　導致光緒面對這種生存狀態的，是他竭力維新，以圖改革中國的失敗。把個人命運與國家命運糾合為一，作品乃有更深遠的動人力量。擺脫羈勒，爭取自由，以實現個體的價值，乃超越時代的生命呼喚，因此，光緒羨慕蜑家與鳥兒的「個別」情懷乃有其「普遍」的意義：任何掙扎於艱困的人，那怕是皇帝，都有其卑微的希望。這種把「人」（社會意義上的）還原成「人」（本質意義上的）的個性解放呼聲，原來連綿幾十年，於今不斷。

　　姚克在《清宮怨》劇本前有這麼一段「獨白」：「戲劇家所感興趣的只是故事的戲劇性和人生味」。在這個戲中，光緒和珍妃怎樣「吶喊」，他們怎樣和慈禧太后「戰鬥」；在《德齡與慈禧》中德齡怎樣帶給清宮以新思想的衝擊，這些當然都是重要情節。然

歷史與戲劇之間──演後評論及其他

7　何冀平：《德齡與慈禧》，見張秉權編：《煙花過後：香港戲劇1998》，香港：國際演藝評論家協會（香港分會），2000，頁480。

而，改革失敗的光緒怎樣看自己的生命，怎樣活下去，或者怎樣不活下去，這才是最大的「人生味」。《清宮怨》和《德齡與慈禧》能夠在作品中創造這麼一個正視個體生命的空間，是使作品能夠獨標一幟的理由。

（五）

不少人都有這個印象：致群劇社對歷史劇特別鍾情。

真是這樣麼？這麼多年來，致群演過甚麼「歷史劇」？

仔細數數看，自九十年代以來，有《多餘的話 —— 瞿秋白的挽歌》、《瞿秋白之死》、《起航，討海號！》、《尋春問柳》、《袁崇煥之死》、《陽光站長》等，然後，便是這個「斜路系列」的《無名碑》、《風雨橫斜》和《斜路黃花》。

原來致群感興趣的「歷史」，是近代、現代，甚至是當代史。即使是《袁崇煥之死》，其主線是自佘義士以來為袁氏守墓逾三百年的一段義舉，而主角是第十七代的佘幼芝，而不是袁崇煥自己。而從袁崇煥、佘義士、佘幼芝，到瞿秋白、陳毓祥等保釣勇士、李叔同等春柳社同人、梁思成、林徽音、楊衢雲，到《斜路黃花》虛構的周伯鑾、周慕生兄弟等等，是否都跟年代相距不遠的光緒一樣，對生命有一些不一樣的要求？對國家有一些不一樣的期盼？而最後，都面對一些相近的困厄？

黑格爾（Hegel）在《美學》（*Lectures on Aesthetics*）中認為，藝術家喜愛從過去時代取材是有道理的，由於在文化、道德、習俗、政治制度、宗教信仰各方面，過去時代都和作家所處的時代不同，向過去倒退，就有一種很大的方便，那是跳開現世

的「直接性」，即較易擺脫現世的束縛，以達到藝術所必須有的對材料的概括化。

換言之，生於現世的作者採用歷史題材，其意義在於製造距離。距離，能讓作者在過去的人事中重新發現，也更深刻認識現世的自己，這就是黑格爾所云的「概括」能力，這也是「歷史」能在藝術作品中發揮力量的秘密。因為，在歷史的深層，在大歷史的隱微處，我們或許發現了自己。而觀眾呢，或許也能夠從舞台上的人事中發現自己。這就是亞里士多德所說的「普遍性」。近百多年來的中國，遭逢的是二千年來未見的巨變，大至國家、經濟、社會，小至家庭結構、生活模式都跟過去的習慣翻天覆地，當然擁有強烈的「概括」材料的能力，即賦與「個別事實」以「普遍性」的能力。

或許，這就是致群這十多年來在歷史中尋找題材的理由？

因此，致群劇社的「歷史劇」就如一切「歷史劇」，劇作者當然要透徹掌握筆下的人與事，但是，劇中人是否都出於「真實」歷史？他們的一言一行是否有真實的依據？實在都並不要緊。

正如姚克和何冀平筆下的光緒，是否真的曾經說過羨慕蜑家和鳥兒的話？有甚麼關係呢？只要這有助於把光緒寫得獨特而鮮活，讓觀眾更能把握這個皇帝有一顆與平常人跳動無異的心靈，那就夠了。致群演出的歷史劇，其得其失，關鍵也不在其題材是否重大，是否有教育意義或歷史意義，是否能借古鑒今……。或許這些都是有意思的東西，但是，都與藝術本質無涉。真正與藝術有關的，是劇中的瞿秋白、保釣運動和春柳社的不同人物、佘幼芝、梁思成、林徽音、楊衢雲，以至今天的周家兄弟等，塑造得是否高明。具體來說，瞿秋白被處決前是否真的說了戲中說的

111

歷史與戲劇之間——演後評論及其他

話？佘幼芝為了決志守墓，是否一如劇中所云地提出要與丈夫離婚？林徽音病死前是否發了個在城牆公園上舉行生日舞會的夢，夢醒後卻懷念六歲時照在飯桌上的一片溫煦的陽光？斜路上是否真的有周伯鑾、周慕生這樣的一對兄弟？這些都不重要。

重要的是性格。只有獨特鮮活的性格，才使觀眾相信眼前的事「正在」發生，將來也「可能會發生」，才能夠把「個別事實」提升為「普遍」。

因為，以歷史為題材的「歷史劇」，一如以社會事件為題材的「社會劇」、以神話為題材的「神話戲」，重要的是其美學價值。而首先要看的，是作者能否既擁有塑造鮮明角色的技巧，又讓角色享有發展獨立個性的自由，終而成功塑造人物的性格。

因為，正如萊辛所云，只有性格是神聖的，這本來就是戲劇藝術的性格。這是「戲劇人」的性格，也是「歷史劇」的性格。

（原刊《斜路黃花》演出場刊，致群劇社，2010、2011年）

張秉權

香港資深藝評人，致群劇社創辦人之一

從《斜路黃花》看
華僑基督徒與辛亥革命
（節錄）

梁元生

引言：《斜路黃花》歷史劇帶出的問題

> 縱是碑葬無名，
> 任或橫斜風雨，
> 仍教重返斜路，
> 踏印遍地黃花！

—— 《斜路黃花着意栽》（《斜路黃花》演出場刊扉頁）

香港致群劇社於今年（2010）年初，在香港推出一齣歷史劇，叫做《斜路黃花》，在社會上引起相當大的迴響。第一個反應是：這是一齣香港人的歷史劇！劇中的人物來自香港，劇中的場景來自香港，「斜路」——港島中上環的一條陡峭彎曲的街道（更多人會想起「樓梯街」）——也正正代表着香港。讓香港人和香港地走上近代中國革命的舞台，擔綱演出，當然叫香港人心神雀躍，咸表認同；與此同時，該劇也切切實實的讓香港人反思港人的政治身份及國族認同問題。第二個反應是：這是一齣宗教

劇？為甚麼常常有牧師、傳教士出現於劇中，講論人生之意義？劇一啟幕已有牧師出場，宣講一篇基督教與人生的道理，使人覺得宗教味道濃烈；為甚麼多位劇中人都是基督徒，都是教會中人？讀歷史出身的編劇白耀燦一再強調《斜路黃花》的歷史性：「從歷史走進戲劇，從戲劇回歸歷史。」使觀眾不期然都會自問：難道近代中國的革命運動，真和香港的基督徒有如此密切相關的聯繫？

看完《斜路黃花》之後，這問題緊緊的纏繞着我，在腦中久久縈回不去。趁着元智大學王潤華教授有華僑與辛亥革命會議之邀，於是，有今次這篇文章。

孫中山、楊衢雲、鄭士良、王煜初、李紀堂

《斜路黃花》一劇以十九世紀末至二十世紀初年之香港華人社會為背景，寫殖民政府治下香港華人與中國之關係：最明顯的有兩種政見不同的人。首先，是支持改良派循序漸進的政治改革，例如劇中人物殷商周伯鑾。一方面周伯鑾雖有報國之心，時刻提倡社會改革，贈醫施藥，救助窮人，反對售賣奴婢，參加東華醫院和保良局的工作；但另一方面卻又收婢為妾，對傳統禮儀如敬天祭祖等緊執不放，是個文化上的保守主義者。其次，是擁護孫中山和革命黨的，例如劇中主角周伯鑾的弟弟周仲坤。他代表着新的一代，習西醫，信奉基督教，熱衷革命，甚至投身革命而最後壯烈犧牲。劇中這個家庭是虛構的，但代表着這香港華人社會上兩種不同的社會精英。其他不少劇中人物卻都有歷史的根據，例如謝纘泰和李紀堂，都是追隨孫中山革命的知名人物；至於劇中的王振初牧師，雖是虛構，其形象與行誼大概來自歷史上

的王煜初牧師，亦即革命元老王寵惠的父親。王煜初是香港基督教道濟會堂的傳道，孫中山在香港之時，禮拜日常到道濟會堂聽道，因而結識，成為好友。

王煜初之外，劇中出現過的好幾個革命黨人如李紀堂，鄧蔭南，黃詠商等，都與基督教有密切關係。李紀堂（1873-1943），廣東新會人，富商李陞子，對革命捐助至鉅，是香港基督教道濟會堂教友。鄧蔭南（1846-1923），廣東開平人，早年移民檀香山，開設農場。其後受洗加入基督教，參加興中會，一直追隨孫中山革命。謝纘泰（1872-1938），廣東開平人，生於澳洲悉尼，十二歲隨父回港，入讀中央書院（即皇仁書院前身），畢業後進入香港政府工務局工作，後又曾經當過洋行買辦、經理。他與楊衢雲、孫中山等人在港組織輔仁文社及興中會，宣傳革命，謝氏曾參與發動 1895 年及 1901 年兩次廣州起義，可惜皆失敗收場。黃詠商（？-1895），香港商人，成立乾亨行作為興中會活動總部，1895 年協助楊衢雲等發動廣州起義，事敗逃亡澳門，不久逝世。至於劇中只提及名字的，有孫中山，陸皓東、鄭士良、楊衢雲，區鳳墀，何啟等亦皆與教會有關。孫中山的生平及其信仰基督教的經過，文獻足徵，眾所周知，不用多述；陳少白與區鳳墀都是著名的革命黨人，也是孫中山先生的心腹。陳少白早歲即追隨中山先生，被稱為「四大寇」之一。他是在廣州格致書院（即後來之嶺南大學）讀書時入教的。區鳳墀則是中山先生的漢文教師，同時也是摯友；他是香港巴色會（崇真會）的教師，當 1884 年中山先生與陸皓東在香港由美國綱紀慎會（American Congregational Mission）牧師喜嘉理（Charles R. Hager）主持下領洗時，他是在場觀禮者之一，並為中山先生取名日新。

鄭士良和何啟都是近代革命運動中的重要人物,亦是教會中人,在這齣歷史劇中多次被提及。至於更為重要的劇中人則是楊衢雲,他在劇中遭清廷派人暗殺,葬身之地樹立起一無名碑記,成為此劇的一個重要符號,貫穿全劇的情節,把不同的人物連繫在一起。

結語

《斜路黃花》劇中最重要的佈景就是一條斜路。依我看來,「斜路」是一個含有豐富意思的隱喻,它至少有兩層不同的意義。其一,「斜路」者,陡峭而不易行走的路,走在其上的需要有很大的毅力和耐力。革命就是這樣的一條斜路,不易走,很容易令人疲倦、令人洩氣,需要極大的耐心和堅忍的毅力,才能堅持到底;其二,「斜路」者,實非正路,更不是康莊大道。社會上走正路的人多,亦即是主流的道路。而斜路者,乃非主流、非一般人的選擇。因此也往往為社會所不容和排擠,更往往以斜路為「邪路」,不但不同情,還常加以打壓。此亦初期參加革命先賢常常遇到的境況;另一方面,早期參加基督教的華人,其際遇也相差不遠,被視為中國社會上的邊緣人,被看為依附西方的買辦或「洋奴」,甚至被視為背叛祖宗、投身邪教的文化罪人。

中國早期的革命者和基督徒,選擇走上這條斜路,堅忍不拔,最後革命成功,而革命之路一直在近代中國成為政治和社會上追求達到的理想。換言之,是大多數人所渴望的及支持的,時人以為「正」的道路。由斜到正,是革命走向正統、獲得認同的過程。只是基督教在現代中國的歷史,仍然是在一條斜路上,這條斜路是否能愈走愈寬大、愈走愈康莊,這就要時間來考驗了!

（本文乃梁教授 2010 年 3 月應元智大學之邀，
於馬來西亞檳城舉行之「孫中山與黃花崗之役 ——
庇能會議與海外華人國際學術研討會」發表之學術論文。
原文連同引言、結語共分五部分，
今擷取內容與歷史劇《斜路黃花》有關之段落，
即：一、二、五部分刊載）

梁元生
香港中文大學文學院榮休院長、歷史系榮休講座教授

歷史與戲劇之間 —— 演後評論及其他

歷史再現和歷史想像力

葉漢明

著名歷史學家 R. G. Collingwood 寫了一本書叫《*The Idea of History*》，當中提出了兩個意念，對我的影響很大。

第一個意念是「re-enact」（重現）。Collingwood 是研究思想史的，特重歷史人物的思想該如何呈現。他提出，研究歷史人物的思想，得進入那個時代，設身處地，代入角色，以移情方法，了解那人何以有此想法，此想法又如何影響其言行。有時幾乎要像演員般把角色演（re-enact）出來，方能達到歷史理解的境界。這說法用來形容歷史劇的演出很貼切，因為歷史劇的基本元素是歷史，我們得搜集史料，以掌握事發時的背景和有關條件，進而了解歷史人物有着如此這般行動的理由。這樣得出來的演繹和再現，才較具說服力。

第二個意念是「historical imagination」，歷史想像力。我們研究歷史，既要有歷史感，也要有想像力。歷史記載無論多麼嚴謹，總不能百分之一百、絕對真確地呈現過去，總有着如資料不足、或今人與當事人思想上的距離等等各種各樣的局限性。歷史學家窮盡了所有現存資料，所能呈現的，也只不過是比較接近當時情況的版本；所能建立的歷史圖像，仍有很多空白處，就如玩拼圖遊戲時，失掉數片便砌不成全圖。那麼，我們應如何對待歷史的空白？是否不講便算了？當然不是！因為追尋過去，了解

今天，然後做好準備，走向將來，是人類發展的一種自然需要，歷史的追求對人類的意義也在於此。對於歷史的空白處，我們得運用歷史想像力，去揣摩各種可能性；不是憑空瞎猜，而是盡量去搜尋史料，然後根據所能窮盡的資料，推斷出當時的境況，在最大的可能性下，作大概應如是的推想和說明，過程中須有合法（合情、合理、合乎法則）的推想，就如白耀燦在《風雨橫斜》劇本的說明中很謹慎地列出哪些是有根有據的史實，哪些是藝術的加工，哪個人物是真有其人，哪個人物是虛構的，就是很好的做法。

不單歷史劇、歷史小說等作品需要歷史想像力，即使是學術性的歷史研究也需要歷史想像力。我們在整理史料、作出考證之餘，還要進行具說服力的推論，說明哪些是考證的結果、哪些是推論出來的，並承認自己的局限性。

合理的推想能填充歷史的空白，也能加強歷史的感染力。在此我想引用小思老師「有趣、有關、有情」的說法。要激發學生學習的興趣，我們就要令他們覺得學習對象有趣、和他們有關、能喚起他們的感情。所謂史學危機，在於學生覺得歷史是沉悶、無趣、無關重要、無用的，也無法牽動他們的感情。苟如是，則歷史科可以休矣！要挽救史學，得需有心人用心去琢磨怎樣把歷史科變得不僅有趣，且與自己有切身關係，並能叫人人感動。白耀燦老師這部《風雨橫斜》的作品就道出，普通人在歷史大事中也是個「持分者」，這正是其動人處，值得細味。

我們要普及史識，就得令人對歷史動真情，光「曉以大義」仍未足。就以抗戰史為例，無論我們怎樣強調那段歷史對國家民族的重要性，同學們仍會覺得很遙遠，難有共鳴。但數年前出版

的一本李碧華《煙花三月》，以一個真人真事，有血有肉的慰安婦故事，竟使抗戰史一時熱起來。

其實，我上課講歷史時，經常覺得一幕幕場景在眼前出現。剎那間我會覺得歷史處處是情、是趣。問題是我們如何把歷史場景活現？如何把學生帶進「時光隧道」？相信不少老師已有在歷史科玩「role play」（角色扮演）的經驗，白老師的作品會是很好的參考範本。

（本文乃 2011 年 3 月 12 日教育局委約致群劇社於英華女校演出歷史劇《風雨橫斜》教師培訓專場的台下發言，題目由編者自擬，內文據現場錄音筆錄，並經由講者審訂）

葉漢明
時任香港中文大學歷史系系主任

歷史尊嚴的重現
—— 歷史獨幕劇《風雨橫斜》觀後感

楊秀珠

　　詹姆斯‧希爾曼（James Hillman），一位美國當代學者，在他的著作中，運用了「尊嚴」這個概念，給過去及現在兩者之間的關係賦予一份深層的意義。他指出，在我們進入特定的歷史時空時，一個思考歷史處境的辯證過程便得以展開。在這個時空交錯的過程中，這些歷史處境便會藉着圖像的形式呈現在我們眼前。又因應個人學養及觸覺的不同，呈現的歷史圖像亦有所不同。而每個歷史圖像都是重要的，儼如一塊紀念碑，樹立在人前，讓我們看清楚歷史事件的意義，給予它應有的尊嚴。尊嚴一詞，可圈可點，它指出歷史事件本身的價值，還指向一個超越當代的時空。

　　白耀燦先生忠於歷史，熱愛話劇。透過歷史劇，在觀眾面前呈現了他捕捉的歷史圖像。在獨幕劇《風雨橫斜》中，他所選取的歷史圖像就是著名清末「革命四大寇」的照片，以四大寇背後站着的一個小伙子（關景良）及他的家庭為切入點來窺探歷史的洪流。早前，我聯同兩位中國歷史科老師（利詩雅及李家宏老師）參加了「遊古蹟、看好戲」的活動。這個特定的歷史圖像為我們

留下了一個深刻的印象，也加深了我們對過去與現在兩者之間關係的思考。

透過歷史劇，歷史人物被賦予了尊嚴。近年，香港社會十分關注歷史建築物的保育及活化問題。這個關注雖然肯定了歷史建築物的社會功能，然而，這些關注只是一個商業化的過程。這些活化的項目往往被視為發展商機。再者，如果我們真正重視歷史價值的話，那麼，除了關注歷史建築物之外，我們又是否應該同樣關注歷史文獻及圖片呢？根據歷史資料所編寫的歷史劇，活化了歷史，更為歷史注入了生命。所謂「人生如戲」，我們明白歷史與故事是不能分開的。在真實歷史事件及人物故事中，觀眾得以與不同的歷史時空產生互動。

引用 James Hillman 所說，這是一個尊重歷史及超越當代的難忘經驗。當社會高度重視歷史建築物的價值，卻只保留建築物的空殼，而未能充分尊重及肯定歷史的記憶，我們能談得上給予歷史一份恰當的尊嚴嗎？歷史劇所呈現的歷史圖像，讓我們經歷與歷史人物擦身而過的感覺，喚醒了我們對歷史的情懷，讓觀眾可以與歷史人物對話，甚至可以讓沉睡了的歷史人物重現眼前。其實歷史劇所創造的互動空間，已經遠遠超越了歷史建築物的物質空間，為歷史找到了一份神聖的尊嚴。

2010 年 1 月 2 日

（原刊《斜路黃花》演出場刊，致群劇社，2010、2011 年）

楊秀珠
時任香港中文大學教育學院課程與教學學系教授

斜路黃花着意栽

古天農

香港戲劇界有一個特點,那便是跟教育界的關係很密切。早在六、七十年代,推動香港戲劇發展的很多都是教育界中人。大家可以計算一下,現今從事戲劇工作的朋友有多少位之前曾任教師,又有多少位現在是教師的便知一二了。

最能夠集中反映香港劇界這種現象的就是致群劇社(致群)。致群的朋友很多都是教育工作者,不是嗎?

這便解釋了致群的戲路多年來為何總是有歷史性和社會性的,因為香港的老師們就有一種歷史責任感和社會責任感。這是最高層次的教育。

香港社會現在正面對一個很大的危機,那便是去歷史化。現時歷史科已經是邊緣化了,不少歷史科老師已經提早退休,家長亦不想孩子讀歷史科。我是一所中學的校董,這些問題是老師告訴我的。

中英劇團曾為一班老人家排了一個口述歷史劇,講的就是他們曾經經歷過的歷史,例如自己在文化大革命如何被批鬥。我們曾把這台戲帶到中學演出,演出後學生問甚麼是文化大革命,他們真的是聽也未聽過甚麼是文化大革命呀!這便是香港學生的現

狀。將來他們很大可能會成為連香港曾經是英國殖民地也不知道的新一代歷史文盲。

很不幸地，歷史的傳承現在只有靠一些有心人和團體了，例如致群。歷史傳承的重擔部分竟然要由香港演藝界承擔起來，這真是香港的悲哀。但我們不能不做點事，《斜路黃花》就是對時代的反思和回應，就是要做一點事。

編劇白耀燦和我曾一度漫步中上環的歷史「遺址」，其實都只是一塊塊寫上簡單文字解說路牌。在中環人來人往的街頭，我倆在細心閱讀牌上文字，感覺反而很孤單，因為就只有我們這兩個傻子在閱讀這些平面歷史。

今後要看立體一點的歷史，除了博物館、古蹟外，就是劇場了。

致群的朋友們，辛苦了，任重道遠呀！

人家想「剷平」歷史嗎？沒那麼容易！

（原刊《斜路黃花》首演及重演場刊，致群劇社，2010 年）

古天農（1954-2022）

香港資深戲劇工作者

在歷史中的人們

何嘉衡

　　到底歷史是甚麼，歷史所記錄的人到底應該是誰？在觀賞完這次話劇《斜路黃花》之後，我不禁又再次在心裏問着這個問題。我們在學校所讀到的歷史，在書上看到的歷史，到底在記錄甚麼人的歷史？我們的歷史應該是只有偉人的歷史？還是要把整體的人類活動都要記錄在內的歷史？

　　這次《斜路黃花》一劇是一部以真實歷史，加上創作出來的角色而成的。當中主角周氏兩兄弟在史實中並不存在，但我想他們反映出來的大概便是當時對中國政治發展最主要的兩種看法——支持盡快改革與反對急劇的轉變。同樣是想中國變得更加富強，同樣是想中國不再被外國列強欺侮，但是最後卻表現出完全不同的行動，並且成為全劇衝突的主線之一。

　　身在現代的我們平時很容易便會把一件事簡單的二元化。就像站在我們現在的立場而言，清代極權帝制是不合理的制度，所以我們在看或是讀有關的歷史時便很容易會認為反對革命的人一定是跟清朝有關的既得利益者，但是這次認真地想一下劇中的周家大哥的想法時，才覺得我們才沒有資格那麼簡單地把一切簡化，將其成變為非黑即白的事。身在那個環境，那個時代，所受到的教育、資訊都跟現在的我們很不同，當然價值觀也會與身處現代的我們有很大差距，我們又怎能那麼輕率地把自己的價值觀

套在他們的身上？也許在歷史中，沒有對錯可言，因為人們都只是在相信自己的選擇。用自己的價值觀強行套在過去的人身上是一件過分傲慢的事情。當然我的意思並不是指歷史沒有一個價值判斷，可能是個人宗教信仰的緣故，所以我會認為這個價值判斷要以上帝來作標準。我們人類的標準無時無刻都在轉變，沒有一個永恆不變的標準是不可能作出對錯判斷的。

說到宗教信仰，在劇中也正正表現了基督徒與非基督徒之間的差異和衝突。在劇中，角色對傳統、對宗教、對現世的觀念，許多許多的衝突都是因基督教與中國傳統之間分別而造成的。就像是劇中的大哥在其中一幕所問的「明知是去送死，為甚麼他們（主要指劇中的基督徒革命分子）還要去送死？」和還有劇中人在好奇的西方人與中國人對墳墓之間所給人不同的感覺。我想這便是對「死」的觀念不同而造成的分別。對基督徒而言，人的生命並不是只看現在，因為物質世界的東西並不是永恆的，包括生命在內，一切都會腐壞，唯有上帝及其應許才是永恆不變的。若能以自己的生命去榮耀或去做衪眼中認為是好的事情，那麼即使要以自己的生命作為代價也不要緊。我想這便是在歷史中，我們所見到的傳教士、宣教士、又或是那些真正的基督徒在痛苦迫害之中仍能作鹽作光的最大理由。

同時正因為基督教信仰，西方人的墳墓並沒有給人東方人的那種鬼魅和不祥的感覺。因為死者並不會回來加害生者，他們已經走完他們的一生，待上帝的審判來臨之前都不會回來。在外國墓園甚至可以是一個旅遊觀光的地方，因為在那裏，人們可以透過一個又一個墓碑去懷念故人。那種死後安寧平靜的感覺，也許在中國人的觀念中是不存在的吧。

除了宗教衝突，劇中還表現出中西方文化之間的衝突、性別

之間的衝突、政治觀念之間的衝突等多方面的衝突。在醫療衛生觀念上、在傳統文化上、在性別地位上、在政治觀念上等等不同方面的衝突，可能都只是基於一個很基本的原因 —— 教育之上。接受西方新式教育的弟弟與接受傳統中國文化教育的哥哥，兩者造成的差異竟然可以如此巨大，令我不禁再次覺得教育並不是一件兒戲的事情。因為教育會對一個人的價值觀成很深的影響，甚至成為一個人行事為人的標準。因此在歷史上，為了控制一地的民心又或是營造出有利自己的環境而控制教育的極權者數之不盡。想讓一地的公民有應有的質素，教育是不能缺少的一環，但一想到現在香港政府只視教育為其中一項「產業」的時候，便會覺得香港的前途堪虞。

劇中不但只有衝突，在當中也能看到親人之間深厚的感情。當中在斜路上，大哥和正在搬運革命所用到的火藥的弟弟相遇的那一幕，最後分別時，哥哥鄭重地拜託牧師要好好照顧自己弟弟的一幕令我感覺很深。有這樣的感覺大概是因為在那一幕之前，剛剛上演完兄弟之間激烈的衝突，顯得這一幕有很大的反差。可能這只是編排上的技巧，但中國人很重視親情這一點便在劇中活靈活現了。

另外，欣賞完這次話劇之後，個人認為觀看歷史劇其中一個有趣的地方是觀眾對該劇的背景有一定認識，這種認識會使觀眾對角色們更有親切感。除此之外還會使角色們帶有一種「明知不可為而為之」的悲劇英雄式殉道精神（當然，這是站在觀眾角度才會有的感覺）。我們明明知道劇中的「大明順天國」起義沒有成功，甚至之後很多次的革命都沒有成功，要到 1911 年的辛亥革命才成功推翻清朝統治，但是劇中的角色站在歷史中的那一點並看不到未來，他們為了自己認為是正確的事而努力，為了自己

認為非做不可的事情而努力，甚至不在意自己的生命。這使在我眼中看來劇中的人們比歷史書上的人們更加帶着一種殉道精神。

到底歷史是甚麼？應該只記載政治外交軍事的歷史？應該只是記載帝王將相的歷史？一直以來很多人所看的歷史都太狹窄了。此劇借用虛構的角色所反映的正正不是那些在歷史上舉足輕重的大人物，而是當時活生生在香港生活，名不見經傳的小人物，他們才是真正構成歷史，與我們生活最接近的人們。我想我們是時候要把過去狹窄的觀點捨去，將思想從狹窄的歷史課本中釋放，才能真真正正了解到歷史與我們的關係。這關係不是距離我們很遠，而是正正在我們身邊，並且是構成現在其中一個不能被忽略的最主要因素。「歷史是一門研究在時間之流中人們的學科」這一話當真沒有錯。

何嘉衡
時為顯理中學學生

無情何必生斯世
—— 苦心之作《袁崇煥之死》

盧偉力

致群劇社二度重演《袁崇煥之死》，背後是一脈不絕如流的承擔。認識編劇白耀燦許多年，知道他對袁崇煥這位明末大將軍的歷史冤案有濃厚興趣。亦有許多年，一位辛勤的歷史科老師，發願把心儀的歷史人物搬上舞台，寓教育於戲劇，化身心之理想為藝術之象徵，這是很使人可敬的。

原籍廣東的袁崇煥，三十五歲當進士，入翰林院當官，以其才德識見，在短短七、八年，穩步青雲，並受皇帝委以重任，封遼東巡撫。在當時，這是非常關鍵的位置，因為滿州人虎視眈眈，並有軍事行動。袁崇煥不負所託，大敗外敵，卻受太監魏忠賢彈劾罷官……歷史上從來如是，有才能的人做出成績，往往受到權貴的排斥，袁崇煥亦沒有例外。但他的事蹟並沒有完結，及後，新皇帝登基了，他再被重用，又作出了重大貢獻，在皇城被圍的危急關頭，他等不及朝廷的調令，便星夜發兵勤王，再創敵軍，卻被指「通敵謀逆」，當眾凌遲處死。

袁崇煥之死，使熱血的中華兒女無不為之心酸，因為儘管我們生於當代，但中國的風風雨雨，物是人非，我們是體會過的。

青年時代的白耀燦，懷家國之情，修讀中國歷史，那時正值中國文化大革命，但身在香港的我們這一代，卻以青年人之激熱，以火紅之肝膽，擁抱既遠又近的「中國」。在時代的風浪中，我們揚過帆，出過海，我們不知疲倦地學習祖國「美好的一切」，並要求為人類的歷史發展作出貢獻。不同的熱血，匯流大海，白耀燦與他的一眾友好，以話劇書寫生命的樂章、時代的樂章。然而，1976年文化大革命結束，歷史的泡沫被時代的事實劃針刺破了，我們自己無奈的情緒滋長着。當理想幻滅之後，如何重建生命？中國歷史上一代又一代硬淨的男女，為存忠義付出，但大多是以失落告終。這不正也是司馬遷在《史記·伯夷列傳》中的感慨嗎？

我想，這是白耀燦要寫袁崇煥的初衷。

不過，幾年前在一個場合見到他，再聽他講這個久積於心的創作題材時，卻是另一番風貌。但見他眉飛色舞，忽而讚嘆，忽而擊掌，情深款款地談及袁崇煥死後，一佘姓族人為大將軍一代又一代守墓的事蹟。

歷史的冤案感人，但為歷史冤案抱不平，並且貫徹始終，一任世代風吹雨打，則不單止感人，更滲透着某種無以名之的濃郁道義情懷。

於是，由對袁崇煥的敬佩開始，白耀燦追尋歷史真相，而在這追尋中，他發現了一個渾身承擔，代代相傳的守墓故事。

佘家守袁崇煥的墓，守的，並非一個大將軍的人頭，而是一份上天下地的浩然正氣。正氣失守，人世何為？但歷史無情，任何正氣、正義、正德，都有一個肉身載體的需要，而任何活生生的人，卻是受限於現實環境的。佘家為存忠義之氣，前仆後繼，

到了第十七代，更經受文革、改革開放等等衝擊，生存條件非常艱難，卻仍是一往情深。

正因如此，佘家一脈苦心，能打動香港的白耀燦。自 1998 年起，他三次拜訪佘家守墓的第十七代傳人佘幼芝女士。第一次是訪京偶然讀報得悉佘家守墓的驚「義」，第二次是率領多位同學作具體的歷史教育，而最動人的，是第三次：「2000 年復活節期間，我執着太太的手，第三次在北京袁崇煥墓前鞠躬，也第三次在凋殘的袁祠內，向佘家請安。」（見首演場刊〈編劇的話〉）】

《袁崇煥之死》是一部苦心之作，是袁崇煥的故事，更是一族人不離不棄的故事。正如諸葛亮說：「勢利之交，難以經遠。士之相知，溫不增華，寒不改棄，貫四時而不衰，歷坦險而益固。」這故事背後，是一位香港業餘戲劇工作者，重建生命熱情的心路。

（原刊《袁崇煥之死：重演版劇本》，致群劇社，2002 年）

盧偉力

戲劇藝術及影視教育工作者，藝評人，詩人

歷史與戲劇之間 —— 演後評論及其他

作為一件社會事件的《袁崇煥之死》

小西

　　誠如《袁崇煥之死》的編劇白耀燦先生所言：「《袁》劇去年首演，各界反應非常熱烈：報刊大篇幅報導，電視傳媒兩拍特輯；演出三場全場爆滿，演後觀眾積極參與討論，可説得上是成功罷！」(見《袁》劇〔重演版〕場刊)。當然，藝術創作從來都是一項社會活動，但能夠上升至社會事件的高度的，畢竟只屬少數，而《袁》劇似乎正是這樣的一個作品。

　　故此，要充分把握《袁》劇的意義，若果只採取「以戲論戲」的進路，難免捉襟見肘。《袁》劇是一個複合體，除了《袁》劇本身的舞台演出外，佘幼芝女士真人及其家人(包括丈夫焦立江與兒子焦平)每晚均出席的演後談，報刊、電視傳媒的廣泛報導，均是其中關鍵的構成部分。然而，《袁》劇之所以「可説得上是成功」，到底主要是基於《袁》劇本身藝術上的成就，還是基於佘幼芝女士一家亮相，以及報刊、電視傳媒的廣泛報導，所分別造成的「真實效應」與「社會效應」呢？對於一般的觀眾來說，他／她們所關注的，恐怕主要還是後者。事實上，在筆者觀賞場次(2002年3月29日日場)的演後談上，觀眾所問的問題都只集中在佘幼芝女士真人及其家人身上，主持人原本希望同時討論的「藝術問題」根本無法觸及。

《袁》劇的可觀性

筆者如此説，並不是要否定創作人在《袁》劇中所付出的藝術心血和努力。事實上，《袁》劇在戲劇情境設計與舞台演繹上都不乏可觀之處。例如，編劇安排半瘋的崇禎與一眾被冤殺的袁崇煥部下對峙，便避免了把複雜的歷史事件化約為簡單的「昏君 vs. 忠臣」對立，而對崇禎一角作馬克白式的心理劇（psycho-drama）處理，亦使歷史人物變得較具血肉，具有較高的觀賞性。可惜的是，導演卻安排以舞台特效（閃電光與行雷聲效）來帶動崇禎一角在清醒與瘋癲兩種狀態之間的進出，可供演員發揮的表演空間也就變小了，削弱了角色本身的可觀賞性。

然而，就舞台演繹而論，《袁》劇還是不乏神來之筆。例如，導演陳恆輝便透過了數個形體場面，為《袁》劇添上了幾下令人回味的「意筆」，與比較寫實的「話劇」主戲，形成了一種虛實間的相照。當然，在《袁》劇中，「虛筆」不單在虛實相照中發揮了藝術上的功能，它本身在特定的場景中，就營造了不少深刻的意境。例如，在〈引子：晨昏守制〉中，導演便充分運用了一眾晨昏洗掃者的形體動作以及掃帚擦地聲的有無，讓觀眾隨着同台的佘幼芝（歐燕文飾）的視點，進出於虛實之間：當掃帚擦地無聲，佘幼芝／觀眾眼前所見的似乎已不再是具體的掃墓人，而是歷史虛境中佘家一代又一代守墓人的身影。可惜的是，負責這些形體群戲的演員，在形體的表現上似乎甚為參差；導演所努力營造的「意境」，也就不時被迫「打回原形」了。可惜可惜。

認同機制的缺陷

然而，《袁》劇的主要問題卻似乎出在角色設計以及整體戲劇結構的安排上，礙於篇幅，本文最後擬只就第一個問題，作出申述。首先，《袁》劇能否「引人入勝」，其中的一個關鍵在於誰將會作為劇中「被認同的主要對象」。很明顯，袁崇煥與佘幼芝等角色都是首席候選。當然，就《袁》劇現在的佈局而論，創作人所選擇的是後者。這也不難理解，因為《袁》劇的關鍵根本不在於袁崇煥本身偉大的忠義精神之再現，而是在於佘家一代一代傳下去的守墓精神之現身。在〈春秋家訓〉一場的古今對照戲中，現代的佘幼芝穿越時空所直接認同的，不正是守墓義舉的始作俑者佘義士？或更準確地說，佘義士家人、兒女對堅守佘義士所頒家訓之允諾？

然而，觀眾對佘幼芝一角之認同將從何而來呢？從「各界之熱烈反應」來看，觀眾對佘幼芝一角之認同似乎是不成問題的。但問題是：此種認同到底是建基於觀眾對佘幼芝真人的認同（透過報刊、電視傳媒的廣泛報導），還是建基於觀眾對《袁》劇中佘幼芝一角之認同？若就佘幼芝一角之設計而論，《袁》劇無疑是單薄的。在前述的那一場古今對照戲中，佘幼芝一角對佘義士所頒家訓之認同，基本上是一種虛的歷史認同，佘幼芝真人的臨在（presence）所造成的「真實效應」，也無法成功地使這種戲中的歷史認同變得較具有血肉。簡言之，《袁》劇始終欠缺交代佘幼芝一角對祖輩的認同的心理動機。固然，文革、佘家附近學校之詭計、鄰人的閒言等，都或多或少有助於襯托出佘幼芝一角的部分心理動因；但這些設計都只從反面塑造出角色的心理動因，始終欠缺正面交代角色的心理動因。其實，在〈離了算了〉一場中，佘幼芝一角提到的亡父形象：「我的父親在我九歲的時候便

死了，但他講給我聽袁將軍的故事，我全都沒忘記。」，以及「之後伯父每天傍晚都帶我到袁將軍的墓前鞠躬，然後一起掃樹葉，這已經成為我佘幼芝生命的一部分了。」的一句話，本應可作更大的發揮，對於切入核心，頗為「對位」。但《袁》劇現在卻輕輕放過了這些骨節眼，觀眾若要透過《袁》劇的戲劇構成來認同佘幼芝一角，也就無從入手。可惜可惜。

（原刊《演藝評論雙月刊》，2002 年 5 月）

小西
香港資深劇評人

告別理想主義：
《多餘的話 —— 瞿秋白的挽歌》

盧偉力

　　我是凝着淚地看致群劇社《多餘的話》（編按：重演時改名《瞿秋白之死》）演出的。雖然一邊看，一邊還因為劇評人的關係而不得不在筆記本上記下甚麼，但心裏的浮想，卻漸漸排山倒海地呈現。

　　《多餘的話》是中國共產黨早期領導人瞿秋白在獄中寫的就義前自白書。致群劇社這次演出，採用了半敘述半戲劇的方法，呈現了這個在中國現代史上頗受爭議的人物。

　　作為知識分子，瞿秋白在風起雲湧的五四運動前後，捲進了時代的漩渦；我們生活在九十年代香港的知識分子，不也一樣身不由己地捲進一個又一個漩渦嗎？

　　看着演區裏演員為我們展現瞿秋白的生活片段，及他在歷史的關口所作的抉擇，台下觀眾都異乎尋常地專注，之所以異乎尋常，是因為戲劇世界裏的人和事，與我們既遠又近。我除了在了解這位既是文學家，又是中共早期領導人瞿秋白的感性與無奈之外，亦在思考自己成長過程間，是這個世代給我們的種種考驗。

　　當演區上朗誦隊正扮演一班五四時代青年人拋頭顱，灑熱血，為中國人的尊嚴而大聲疾呼時，我們大概亦想到自己曾經亦

在一個甚麼場合，作過類似的吶喊。於是擴音器傳來政府命令學生立即離開廣場時，我們想到的，已非只是五四運動，而是一種歷史嘲弄了。

看來，編導白耀燦是有意識地把這種疊印的歷史感注入劇本的，所以在序幕中，他便立竿見影地展現瞿秋白被槍決的情景，繼而，他又用一個沒有特定身份的朗誦隊去點現不同時代人們對瞿秋白不同的評價。

歷史數度反覆，中國共產黨對這位早期領導人的評價亦多番波折，單單宣讀某些歷史材料，已構成很有辯證味道的觀照，彷彿布萊希特的史詩劇場。

從這個觀點看，序幕之後的十多場順時序展現瞿秋白生平的戲，便顯得感性同情有餘，而這份複雜的帶有歷史意識的觀點則不足了。如果感性的同情是甜味，《多餘的話》可以說是一個多放了糖的作品。

白耀燦寫瞿秋白時，「長征棄兒」一場最能表現他的史觀，四個共產黨的軍事領導人在雨中決定了瞿秋白的命運，看得使人既心酸，又心傷。在軍事撤退時，知識分子是軍人們的一個包袱，他必須留下來，面對來勢洶洶的敵人。

在演瞿秋白這個角色時，白耀燦或許是受到人物的歷史命運所感動而失多諸於「憐」。演一個人物而生憐憫之情，在把持不穩的情緒佈局之下，就會變成角色的自憐，這樣一來，角色的性格便顯得單薄了。

我想，白耀燦是以自己對角色歷史命運的同情來進入角色。不過，正如前面所說，戲劇的交流是活生生的，我在台下暗角觀

看白的演出，亦被白對人物的這種專注的同情所打動。因為我知道作為演員的白耀燦，曾經經歷過七十年代大專學生的愛國主義運動，那是一個理想主義的火紅年代。看他演瞿秋白，同時就在看着一個逝去了幾近二十年的年代的幻影……

在一個甚麼場合，我們亦曾經唱着《國際歌》，在一個甚麼場合，我們亦曾經舉杯為理想而醉。那個理想主義的年代，原來已離開我們二十年了，茫茫人生的沉浮，卻原來並未曾沖走我們潛藏的想望。這種想望，在這個世代會是一種新的「心的聲音」[8]嗎？

（原刊《香港經濟日報》，1995 年 2 月 23 日）

盧偉力

戲劇藝術及影視教育工作者，藝評人，詩人

8　〈心的聲音〉為瞿秋白於五四運動後寫的一篇著名散文。

悲愴未必悲壯

張近平

　　白耀燦自編自導自演中共第一代革命領導瞿秋白的故事，以「詩化和音樂化的形式去刻劃這一個『歷史誤會』。」劇名直接取自瞿秋白被國民黨拘捕處決前寫的遺書 ——《多餘的話》（編按：重演時改名《瞿秋白之死》）。

　　所謂「歷史誤會」是指瞿秋白當上革命領導一事云云。從劇本所鋪陳的事件來看，瞿秋白可說是個滿腔理想的愛國青年，他眼見本世紀初的中國社會一片腐敗和混亂，跟許多青年知識分子一樣，心中湧起了一片救國的赤誠。蘇聯十月革命成功，更促使他相信共產主義可以救中國。這其實是在國民黨治國治得烏煙瘴氣之時代裏，普遍知識分子在思想上的出路。瞿秋白自始至終對心中的共產理想堅持不悖，在刑場前從容就義，充滿氣節。或許正是這種對理想堅持的節操，尤其是面對民族存亡之際，個人既無助又不能放棄自己理想的這份胸襟，最叫白耀燦感動吧！

　　正由於這個原因，劇本一開始便寫瞿秋白在刑場伏法，高歌國際歌，唱出心目中未完成的大同理想，然後倒敘他投身革命的經過。對於瞿秋白堅持理想的描寫，劇本的鋪排十分足夠，除了透過上半場的描寫瞿怎樣在學校弘揚革命，在朋輩中如何立身自處外，也在下半場結尾前一段獄中勸降的戲裏表現出來。同時，

劇裏面加插了大量的瞿秋白和其朋輩作家的詩詞作品，同樣能烘托出一個赤誠的愛國分子形象。

全劇既以瞿秋白遺作〈多餘的話〉作藍本，即也以瞿秋白為敘事重心。導演以白耀燦所飾的瞿為主，輔以一隊十二人的歌誦隊，分飾其他角色，也同時輔助朗誦劇本中的詩詞。其形式有些近似希臘悲劇。那樣「瞿」便擔當起一個悲劇英雄的分量了。而烘托這悲劇英雄況味最優美的手段就是置在台右紗幕之後的那具鋼琴。演出進行時，不時隱約的傳來裊裊的琴音，那情懷浪漫得可以。

我很相信，瞿秋白的故事是感動白耀燦的，故此，他寫的時候固有充滿感情激盪之句。導的時候也洋溢着英雄詩的氣味，連帶演的時候也肅然凝重，不止他個人在整個演出裏緊鎖眉頭，就是那一隊歌誦隊也憂國傷時得未能收放自如。我覺得這對瞿秋白這角色的形象，多少有點影響。

其實在劇本裏面有好些情節是充滿歷史反諷的氣味。諸如第二場「生平掠影」利用幻燈和歌誦隊，展現了瞿秋白死後在屢次中共的政治風波下，先被揪出來批鬥復又得到平反的片段，最妙者是：批鬥或平反在舞台上都是同一批演員演，有種「神又佢鬼又佢」的荒謬感。如果歌誦隊在段與段之間的轉折過渡得再明顯，則更突出此歷史之荒謬。可惜，如今他們演來批鬥時未夠放肆，平反時又未夠肅穆，總嫌造作。或許歷史荒謬並非編導重點所在，不過他要表現的這等既形容為「歷史錯誤」，多少帶點荒謬意味。

劇中之瞿秋白其實有的是一腔革命熱情，也僅此而已。他當上領導革命的角色，至最後沒有隨紅軍去開展長征，到後來被捕

下獄，皆是出於勢成騎虎，又或者並非其所願。他在「多餘的話」裏也表示，他其實也想去到一處鄉間學校去教點書，閒時讀自己喜歡的書本，而不是去做甚麼的革命烈士。其中有句台詞更不諱言說他自己其實對共產主義的認識也不怎樣深。在這個情形之下一腔熱情投身「革命」是否輕率得有點荒謬呢？而因為如此而壯志未酬，終日愀愀然之貌便顯得有些「何苦來着」了。故此對比起來，余世騰飾演的獄官在獄中勸降時語重心長的台詞反見得清醒：「你們搞土改，説有土地的都是剝削人家得回來的；又可知道有土地的人大部分都是小富，且更是他們祖先辛辛苦苦賺錢攢一分一毫的儲回來的？這根本不合中國國情。」白耀燦苦心經營的「堅持」便帶着一些「頑固」了。

不過，若然白耀燦能把瞿秋白放輕鬆一點來演，或許會換個模樣。因為瞿既然能在行刑前寫得出「廿載浮沉萬事空，年華似水水流東，枉拋心力作英雄」之絕筆，一切也該是看得淡然瀟灑的了。而且少了如今的自憐色彩，瞿秋白投身革命的情懷才見出是無悔的。無悔才令人欽佩的呀。

所以悲壯的死亡，不一要含着淚水慷慨就義，何況在舞台上，瞿秋白伏法之後，一大堆詠誦隊出來，七手八腳地把舞台佈景的部分堆個半天，為的是弄粒紅星出來好襯完場前近三四分鐘的鋼琴獨奏，就更是浪漫得近乎過分了。

（原載於《文匯報》，1995 年 2 月 25 日）

張近平
戲劇專欄作者，曾為《信報》、《文匯報》等刊物撰文

在感性和理性之間解脫
—— 看致群劇社
《瞿秋白之死》

盧偉力

中國知識分子，都有一份感時憂國、為民請命的憂患意識，這份意識，擴而大之，是大儒家

「為天地立心，為生民立命，為往聖繼絕學，為萬世開太平」的生命理想，鞠躬盡瘁，死而後已。不過，亦往往是這份出於良好願望的憂患意識，使大多數中國知識分子承擔了重於自己所能承受的工作，身心受到不合理的磨損。

瞿秋白這位中國共產黨早期領導人亦正正是這樣的一個人物。因此，他的死，他的被國民黨處決，在中國現代史上，已經超越了國共鬥爭，而帶有更普遍的中華民族知識分子悲劇性意義，是內涵豐富的一個歷史意象。

超越劇場空間

致群劇社這次重演「瞿秋白」，找來老大哥張秉權當導演，使演出的理性成分提高，這是明顯可見的進步。去年的演出，白耀

燦一身兼編、導、演三職，在情感上雖然有濃郁的揣摩，但能入乎其內，卻不能出乎其外；這次演出，情感的節奏，起伏收放都自如多了。我們看到更多的瞿秋白，而非醉心瞿秋白的白耀燦。從一個年青體弱的知識青年學生，到一個懷壯志充滿理想主義的成年老師，再到一個無可奈何卻從容自若的壯年革命者，大輪廓很清晰。

當白耀燦演瞿秋白赴刑場時，回首環視牢房，放聲誦讀「花落知春殘，一任風和雨，信是明年春再來，應有香如故」幾句詩時，他的精神狀態直入人心，是與瞿秋白交融的一個生命在另一個時空中呼喊着瞿秋白的心聲。這是超越劇場空間的意象。

致群劇社的一群演員，表演技巧頗有參差，但就精神狀態來說，卻非常統一、集中。所以，當他們扮演集體敘述者時，節奏是不均整的，有吃力感，但當他們整體地去建立一個舞台意象，去做一些具體事情時，那份舞台共鳴與生命和應是令人感動的。

張秉權大概很明白「致群」的特點，所以他因材塑象，大手筆地分別在上、下半場安排了「敲門」、「搜尋」兩個群體意象。這兩個意象，是間離效果與現象學的結合 —— 在敘事上，把瞿秋白的故事來個中斷，以意象代替言表；在觀眾認知上，卻把時間因素引入，讓觀眾與台上表演者忍受那在尋索過程中的各種情緒。失落與忍耐、堅持與退卻、感性和理性互動着，等待解脫的瞬間。

整個戲的節奏處理還有可待改善之處，例如段落的長短比例、敘事與抒情的安排，虛筆與實寫之間，可以再細心一些；唸《多餘的話》的語氣或許可以再平靜一些；舞台的技術處理可以專業一些……但這些都不重要的，因為一句精彩的詩，一個使人

難忘的意象，一瞬直入人心的精神狀態，足可以超越了這些未完善之處。

個人與集體的互動

致群的一班演員，努力地在鋪滿禾草的台板上搜尋，像搜尋失落的珍珠一樣地認真，儘管到最後，他們還是找不到要找的不知名的東西，但觀眾卻能感受到他們的努力，因為他們明白到歷史與個人互動的關係，亦明白到個人與集體的互動關係。相比之下，一些職業劇團的演出，卻不能達到這種無間的生命交流，我想這並非是表演訓練的問題，而是生命態度的問題。

我們在這個世代生存，感情上渴求生活得自由、自主，但亦理性地認識到這是困難的。生於憂患的我們，明白到自己亦當會死於憂患。問題在於，在這個由生到死的圓空過程、我們包容了些甚麼，我們消化了一些甚麼。我們再不想去征服天下。但是，我們能征服自己嗎？

（原刊《信報》，1996 年 7 月 4 日）

盧偉力

戲劇藝術及影視教育工作者，藝評人，詩人

再閱讀《瞿秋白之死》
史詩劇場

鄧樹榮

　　致群劇社《瞿秋白之死》於上周末演完。筆者想就這齣戲引發出的聯想作一些討論。

一、關於這齣戲本身的——

　　這齣戲，用布萊希特史詩劇場的方式去表現中國共產黨早期領導人瞿秋白的一生。他以一介文人，陰差陽錯地成為了共產黨的最高領導人，但其本性並非搞政治，遂在權力鬥爭下成為犧牲品，不但被共產黨批判，最後更被國民黨殺害。臨死時在獄中寫成了《多餘的話》，用「滑稽劇」來形容他的一生。

　　「致群」這個製作相當認真，想必是花了不少精力及心思。用史詩劇場去接觸及詮釋歷史在近年已屬少見。六七十年代布萊希特對世界劇壇的影響很大。七十年代中至八十年代初香港也曾掀起過一陣布萊希特熱；未幾，這個熱潮在世界劇壇淡下來，香港也不例外。主要原因除了是世界整體性的「非政治化」影響，令到政治教化劇場缺乏市場之外，其實也是由於近代西方對布萊希特的「再閱讀」所致。

間離效果變作政治醒覺

這個「再閱讀」產生一種思潮 —— 史詩劇場的精髓其實是「間離效果」，目的是想我們突然抽離日常見慣的生活現象，然後再了解世界及自身。可惜，這個精髓不斷被後來的政治及社會運動家（包括布萊希特自己）變形，令到「間離效果」等同於「政治醒覺」，「史詩劇場」等同於教化劇場。這個變形產生了一個荒謬的現象 —— 晚年的布萊希特及「後布萊希特」的史詩劇場倡導者都不能真正令群眾從自身出發再度認識這個世界及自我，而只不過有意或無意地令他們認識以至認同由劇場主事者所定義下的「世界」及「人」。

在理想主義的年代，尤其在共產國家，「史詩劇場」在本質上都類似或接近藝術的權力遊戲，一種教化及宣傳工具，因為觀眾認識來認識去的都只不過是當權者定義下的「世界」及「真理」。

踏入後現代的時期，世界的統一性被質疑，其矛盾性及虛假性被認為是常規；分崩離析是本質，團結一致是表面。在今天，若果要史詩劇場仍然有意義的話，在知性上可能需要具備以下四個條件 —— 第一，創作者首先要認識到矛盾性及虛假性是存在的本質（包括創作者自身的存在）；第二，透過史書及文獻去詮釋歷史極有可能只是詮釋經別人定義及理解後的歷史，因此力圖建立一種歷史的客觀性反而有可能陷入一種不自覺的主觀性；第三，「間離效果」不等於「史詩劇場」，更不等於「教化劇場」；間離效果是認識事物的手段，在今天變幻莫測的年代，被認識的事物像一團不斷流動的液體，我們只能呈現它，不可能抓着它，因為一抓着它，它就會變化。第四，劇場不是能夠改變世界的地方，改變世界的力量在劇場以外。面對今天這個充滿矛盾的世

界，個人在生活上也許只能誠信於自己的操守，而不能借助於他人的道德標準。

至於甚麼是個人操守，筆者也不能亦無法下任何定義。（或者對自身不斷深思可能會有某些啟示。）

《瞿》劇可算是「間離效果」等同於「教化劇場」的一個好例子。從其創作者在場刊上寫的文章及節錄的文獻，可以看得出他們是有自己的道德標準及人生理想的藍圖。若果在創作上他們能反思史詩劇場在今天的定位，或者這齣戲的震撼力會強一點。表面上，他們好像嘗試從正反兩方面來描繪瞿秋白，但在劇場的整體表現上，筆者得出的感覺是創作者不斷在告訴我他們對瞿秋白其人其事的理想情懷，及他們對此人的道德判斷，他們愈是用一種詩化的抒情方式去表達（如用鋼琴在紗網後不斷突出《國際歌》的變奏等），就愈強化了這種理想情懷及道德判斷，但可惜的是這種情懷訴諸於一個離我們頗遠的題材，而它本身又只能透過史書及文獻去接觸，因此，若果這個題材沒有從自身出發，再用一個較為現代的思維方式去審視的話，愈強化它的理想情懷及詩意，在今天產生共鳴及震撼力的可能性就愈低。

當然，每一個人都肯定有自己的歷史觀、道德判斷及是非標準，亦會或多或少，有意無意地在自己的創作中呈現出來。問題是創作者有否將自己的情懷及經驗沉澱及提升，令作品成為一個較開放的有機體，使觀眾能夠透過他的情懷更加認識今天這個世界的複雜性及虛假性，而不只是沉溺於其中。

作為一個人，瞿秋白在他的年代必然有局限，今天的我們也不例外。若果「致群」的朋友不局限於呈現具體的歷史事件，亦即是說不局限於前人對瞿氏一生所定下的邏輯時序，而是將自己如

何接觸瞿秋白的歷史的感覺呈現出來，則將會更具時代氣息及生命力。

嚴肅與普及的文化對立

瞿秋白的歷史已被前人詮釋成一種固定的形式。我們面對「歷史」，其實就是面對許許多多時間及空間上的形式，一不小心就會被這些形式吞沒而不自知。

二、關於這齣戲以外的 ——

有一個朋友打趣說：《瞿秋白》在今天可算是「另類」作品，因為它很嚴肅。這個提法亦很有趣。

今天的文化大氣候可用「遊戲」來形容，表面上很親切，但人際關係其實很疏離，要迂迴曲折才能溝通得到。致群這個戲試圖用一種直言的角度去討論人生歷史，在觀念上是另一種遊戲規則，所以可算為「另類」。

此間的劇場也充滿着所謂嚴肅文化及普及文化的對立。筆者認為要定誰高誰低，誰是誰非是沒有必要的，甚至劃分「嚴肅」與「普及」本身也成問題。現實告訴我們，用「愈變愈好」及「進步」這個觀念來看世界已經根本不可能，因為若要用某一種文化意識的形態去取代另外一種形態意味着取代別人的終有一天又會被別人取代。我想，若能認識一個文化形態為甚麼會出現及它與別的形態有甚麼關係才是較為重要吧？

對於藝術工作者，我想依然是一句：直指自身的心性來創作，用適當的方式來表現，必能產生有生命力的作品。

（原刊《信報》，1996 年 7 月 6 日）

鄧樹榮

香港著名劇場導演及戲劇教育家

歷史與戲劇之間——演後評論及其他

在「懷舊」中尋找安慰 ──
談《瞿秋白之死》

小西

　　如果要我找一個名詞，為《瞿秋白之死》作一介説與命名，我想我會選用「懷舊」（Nostalgia）一詞。

　　所謂「懷舊」，按照洛楓的定義，乃是「基於對社會的現狀不滿或懷疑，甚至是對前途與將來充滿不確定的思慮和困擾，因而轉入過去的追憶，一方面利用「懷舊」的美化功能尋找安慰，一方面也試圖從過去的痕跡，確認目前和將來的境況」（《世紀末城市：香港流行文化》）。

　　何以見得？首先我認為我們得從《瞿》劇的場刊説起。大家都知道，瞿秋白是中共最早的一批黨員之一，曾任中共最高領導，被國民黨捉拿槍決時才是一九三五年，距今已有六十多年，但附於《瞿》劇場刊的一個「瞿秋白與中國的」的年表，卻在三六年以後的年份添上了「中英簽署『聯合聲明』翌年」、「六四」、「香港特別行政區籌備委員會成立前一年」等條目，並與瞿秋白「殉難五十周年」、「誕生九十周年」、「就義六十周年」並置，可見致群劇社（致群）是有意把一個遙遠的政治人物的故事拉回到當下的時空，並賦予一特殊的意義。再加上《瞿》劇的編劇白耀燦《在編者的話》中明言：「比諸今日開口愛國閉口愛港的牆頭草、

風擺柳，瞿秋白活出了大地的良心，中國的尊嚴！」可見致群在《瞿》當中貫注的，顯然是一股濃烈的懷舊情緒。

仍有大的發展餘地

但正如前述，懷舊一方面有借美化過去以尋找安慰。另一方面又有透過過去的痕跡以確認反省當下的功能，於是問題便來了：到底《瞿》劇給予觀眾的，是一種「安慰」？還是一種反省？我認為是前者，因為，雖然致群在搬演瞿秋白一生所經歷之政治事件為主的「群戲場口」之間，加插了不少瞿的「抒情獨白」，揭示了歷史的誤會「叫我（指瞿）這（只愛又是不愛政治的）『文人』，勉強在革命的政治舞台上混了好些年」。

但在抒情的獨白與政治群戲之間，「致群」卻顯然省略或輕輕帶過了這兩者之間所可能有的一些更有趣的「灰色地帶」。例如《瞿》貫穿全劇所常強調的（對本人也是很重要）：一、瞿母因債主臨門而服毒自殺與瞿走上革命道路的關係，二、瞿跟妻子楊之華的關係在瞿臨死前對楊的留戀。這在《瞿》劇中便顯然仍有很大發揮的餘地，使《瞿》劇在層次上更為豐富，有更多供人閱讀反省的空間，而不光只是一種抒情式的美化。

（原刊《明報》，1996 年 7 月 11 日）

小西
香港資深劇評人

歷史與戲劇之間——演後評論及其他

《風雨橫斜》賞析

張秉權

以歷史為題材的戲，其最大的困難是訊息過量，即觀眾要在短時間內，迎接一大堆本來不熟悉的人物和事件。先是理解其間的關係，然後，才能逐步產生好奇，投入感情，隨着情節的發展而與劇中人同呼同吸⋯⋯

《風雨橫斜》當然也面對這個困難。

1901年初發生在關景良家的事，儘管跟香港與中國很有關係，儘管般含道、結志街、荷李活道等中西區街道今天仍然熱鬧，但是，限於時代的不同，要年輕的觀眾對這一百多年前的事件投入，始終是不容易的。編劇白耀燦是怎樣解決這個困難的呢？

戲未開始，觀眾聽到兩段短短的「畫外音」，一是關家篤信基督、扶貧濟世的家訓，一是關家眾人離開戲院乘轎從斜路回家。後者更點出這是風雨之夜，然後，幕開，眾人攜雨傘上場。

於是，戲一開幕，配合佈景和服裝，觀眾已經可以對舞台上的人有概略的了解。當然，敏感的觀眾要是想起這個戲叫做《風雨橫斜》，則關父的第一句台詞：「一月也這麼大風大雨，真是時勢變了！」或許還有一點象徵意義呢！

阿芳這配角真的很重要，她的戲不多，卻在戲的初段說了一句很有份量的話：「最衰還是慈禧，要跟人家八國聯軍開戰，真是妖孽了！」雖然香港不在清廷直接管轄範圍，這直接針對最高統治者的話關家的人到底不敢公開說，阿芳說罷還給關母吩咐下去工作。

由開場到阿芳下場算是戲的「開端」部分。只是短短的幾分鐘，編劇已經清楚簡潔地交代了時代和關家這班人的一些特點。

戲的主體開始了，劇中人不斷提起一個不在場的角色：關景良。今晚的戲票是他買的，他是個醫生，和孫逸仙（中山）是同學。這裏提到今晚的戲是陳少白搞的，又提到一張歷史上很有名的照片：關景良站在「四大寇」的身後。假如觀眾看過電影《十月圍城》，記得戲中梁家輝飾演的角色就是陳少白，又或者對「四大寇」照片本來就有印象，相信興趣很自然便會觸發起來。否則，編劇就得另找辦法了。事實上，戲在這裏已經進入關鍵，編劇提出一個嚴肅而重要的抉擇：像孫中山先生那樣去從事革命，還是做醫生去救人？

編劇找到了甚麼引起觀眾興趣的辦法？

(1) 情節結構的變化

來人自外而上，在情節結構上形成變化，就可以讓場面有新鮮感。這來人更是一而再，再而三的，首先是容星橋，然後是周昭岳，最後才是大家最關心的關景良。他們身份不同，上場的辦法不同，於是也給台上的關家同人和台下的觀眾帶來不同的情緒衝擊。

(2) 角色帶來的好奇

情節總是透過角色來開展的，觀眾也總是對不同性格的角色發生興趣。《風雨橫斜》是個大題材的戲，篇幅短小而角色眾多，要一一仔細刻劃性格並不容易，編劇聰明地塑造了一個「不一般」的關母，她造型古舊但講流暢的英語，這便在「一般」中創造了「特殊」。當然，這「特殊」是有根據的，觀眾覺得新鮮，只是因為不熟悉的緣故。這種因不熟悉而來的興趣，便是歷史探索的起點 —— 這也許正是「歷史劇」作用之一。

(3) 角色建立的感情

讓觀眾對角色發生感情，建立移情作用，這是一切情節劇的任務。在這個比較「陽剛」的戲中，幾位女角正是以不同的性格和情緒變化，負責撥動觀眾的感情。關母固然形象鮮活，女傭阿芳是非分明、敢作敢為的性格更是突出。編劇又把月霞塑造成一個單純而充滿理想的新女性，讓觀眾隨着情節發展，慢慢對她留有好印象。最後，更讓她化身為整個戲的敘事者，「跳出來」跟觀眾直接對話，交代劇中人後來的種種變化。戲短情深，史事綿延，其影響一至於今日。讓一個戲的留有餘韻的辦法很多，這裏用的只是其中一種，但卻用得很恰當。

這個短劇有八個上場角色，提及的人名共有十九個，還有不少事件和組織。訊息過量的困難是否能夠圓滿解決？基於觀眾的歷史感和舞台感有差異，他們會有不同的想法。然而，編劇的努力和成績，無疑是可以肯定的。

像孫中山先生那樣去從事革命，還是做醫生去救人？戲中提出的問題最後似乎也沒有明確的答案。或許，這個問題本來就不

必有一個「固定」答案。人的選擇可以很多，重要的是曾經認真地思考過，並且承擔起選擇後的責任。而戲劇……

　　戲劇的責任，本來就不是提供答案，它只是想觀眾感到興味。假如能夠由此出發，有些聯想或思考，那便更好了。

（原刊歷史劇《風雨橫斜》學與教資源套，

教育局課程發展處，2011年）

張秉權

香港資深藝評人，致群劇社創辦人之一

歷史與戲劇之間——演後評論及其他

《風雨橫斜》
由戲劇回歸歷史

呂志剛

筆者在 3 月 12 日清晨，與風采中學曹啟樂校長同赴上環荷李活道公園，參加了歷史劇《風雨橫斜》史蹟遊。在導賞員陳淑蕙帶領下，認識了百多年前的香港。選擇這公園作為 (孫) 中山史蹟徑的起步點，因為這是當年英軍的登陸點，也稱為佔領角。對照陳老師手上的地圖，這曾經是英治初期的臨海小山丘炮台，不遠處的「水坑口」，就是開埠早期香港人的重要水源，歷史原來就在腳下。

經遊高陞戲院、國家醫院舊址、東華醫院、青年會，就在這裏遇上《書架》同文作者李偉雄，他也是領着福建中學 (小西灣) 的同學，遍遊孫中山革命歷史的蹊徑。就在植樹節的當天，一同追尋歷史的源頭，百年時空的偶遇，顯得特別有意思。當導賞員細述楊衢雲就在結志街遇刺，志士背着他馳往國家醫院求醫的一幕，彷彿置身歷史的現場。百子里、輔仁文社、「四大寇」聚會所、道濟會堂，顯示革命的火種正旺。《風雨橫斜》歷史劇，正是要搬演這些「小巷街角，徘徊於中上環的斜路梯級，緬懷淹沒在小巷或街角間快要被遺忘的近代革命史」。

兩個小時後，一眾到達英華女校禮堂，出席觀賞《風雨橫斜》歷史短劇的演出，接過場刊，發現封底刊出「從歷史走進戲劇，從戲劇回歸歷史」，相信這就是致群劇社這些年來所堅持的藝術道路。教育局課程發展處中文組主辦這項跨領域學習計劃，邀請了致群劇社策劃演出，可謂極完美的資源配置。

　　場刊名為《導賞資料冊》最貼切不過，因為演出只是學習活動的配套環節。印刷精美，也突顯了合作單位的誠意與心思。資料冊除了為演出作解說鞏固之外，還有史蹟遊地圖、行程表、景點結合史蹟的詳細介紹。張秉權博士的《賞析導讀》，把冰冷塵封歷史注入了感情和溫度，也就是歷史發生的動機和激情。

　　試想：「在通訊技術還十分落後的年代，革命志士如何在狹窄的斜路石板梯級上上落落，一方面逃避清廷爪牙的耳目，另一方面也要把生命押上一注，隨時為救國救民而犧牲」（改寫自一位老師的發言）。

　　最欣賞此劇之序文誦讀，以及編導白耀燦〈踏步斜路、見證歷史、體味文學、穿梭舞台〉：「一個城市，依山傍水，條條斜路，拾級而上，信步而下，多了角度，多了層次，也豐富了內蘊，總令人覺得多添了一份山城迷人的魅力。……」寥寥數語，道出了革命山城的詩韻。此刻驚覺，披了一頭白髮的白耀燦，也是一位詩人。

（原刊《大公報》，2011 年 3 月 18 日）

呂志剛
優質圖書館網絡創會會長

歷史與戲劇之間——演後評論及其他

尋舊蹤，看好戲

張敏慧

打從上世紀七十年代開始，已經看「致群劇社」演話劇。這回卻是第一次參加由「致群」製作、香港中西區區議會主辦的「文化落區」活動，實行享受一下新年節目，「尋舊蹤，看好戲」去。

老店有八和堂出品

參加人數不下一百，編成好幾個小組，在十多位導賞員分別帶領下，我們從港島上環出發，漫步尋找昔日戲院生態。我組領隊陳淑蕙女士，派發每人一張詳細路線圖，上面用熒光筆標誌不同類型的參觀重點，我們沿途一邊瀏覽「景點」，一邊對照着領隊手上的老照片，聽着她熱心解說。從皇后大道中新紀元廣場，一直西行到皇后大道西高陞戲院舊址，從上環文咸東街填海海岸線開始，一直向北走到半山高街西營盤社區綜合大樓（原是國家醫院護士宿舍，後改為精神病院），這天天朗氣清，又不太冷，走起路來挺舒服。港島西區老店特別多，民生方面食的包括涼果店、藥店、蛇店、臘味店、茶葉行，其他有顧繡莊、故衣店、棻作店等等，兩個多小時行程，不可能處處駐足流連，唯有記下那些金漆招牌，改日再來散步懷緬。

文化落區主題是「尋覓昔日戲行在中、西區的足印」，第一

大發現是永樂街 24 號「香港班中八和堂有限公司」招牌，上寫「救急華陀油、風濕八和膏、順氣保生丸、撻爛枙跌打丸」。領隊繪形繪聲講到八和戲班的龍虎武師，舞台表演從高台跳下「撻爛」（壓碎）木枙的情況，讓我更相信從前粵劇界武行南派的真功夫。位於永樂街不遠處近禧利街口，就是《真欄日報》報社舊址，教我回想小時候，一邊對着報紙刊登的曲詞，一邊聽收音機轉播大戲，是為晚上最佳娛樂享受。

西區積澱許多掌故

皇后大道中的中央戲院，現在改建成中央大廈，當然沒有了前街後街的小販攤檔，但舊戲院兩旁的小巷仍在，那正是當年戲院散場時我等觀眾擠過的通道。這天我們走到戲院舊址後街的弓弦巷，聊到大老倌何非凡在中央戲院開鑼的風光氣勢，一齣《碧海狂僧》聲震省港澳及海外，我們隊中朋友隨即哼着「咪話年齡相差十數載，我話老婆愈老愈可愛」，領隊則補上「咪話僧人娶婦不應該，我頭髮依然頂上蓋……」，故地故情，油然而生。

從大道中走到皇后大道西，在帝后華庭隔壁，和風街、甘雨街夾住的僑發大廈，就是幾十年前的高陞戲院舊址。

為了準時到達社區會堂看話劇，我們再沒有時間細數舊日高陞的黃金歲月，少不免有點失望。想當年，薛覺先孩童時經常到高陞打戲釘，抗戰前香港廣府大戲的改革路線，後來馬師曾和薛覺先分別組織的班霸盛況，相信港島的高陞戲院、太平戲院最能見證梨園那許許多多的真實事故。區議會不妨繼續跟進，動員街坊長者，重提老戲舊伶軼事，凝聚坊眾情誼，積澱豐厚的社區掌故文化。

壓軸節目《戰火梨園》

壓軸「看好戲」活動是「致群」製作的《戰火梨園》，一齣社區劇場獨幕劇。從空中廣播切入兩條主線：一是上世紀三十年代，戲行男女同班禁令撤銷，男花旦何去何從？二是盧溝橋事變，日本侵華，身為梨園子弟，應否窺避社會責任，如何發揮伶人在民間的號召力和影響力？劇中人物是虛構的，但能緊扣時事，結合歷史、社區生活、藝術文化元素，編織成約半小時的短劇。以整個落區活動來配套，短劇很合適，內容很貼切，但也因為是短篇，人物個性的鋪墊轉折，情節發展的迂迴遞進，難免單薄，最聰明的是設計了播音員魯友（編劇白耀燦兼飾）在劇終前的對白：「各位欲知後事如何，請聽天空小說《戰火梨園》下一回啦！」如此說，將來還有更好戲在後頭。劇中「勝艷年劇團」慷慨激昂地響應薛覺先的愛國行為，而故事發生地點是馬師曾「大羅天劇團」、「太平劇團」長駐的太平戲院。那麼，《戰》劇「續集」或「加長版」會否考慮略提馬師曾的點滴事迹？戰火漫天，薛、馬與志士班的聯繫，馬師曾編演《洪承疇》、《秦檜游地獄》宣傳抗日救國，也正正配合了《戰》劇「梁紅鼓、薛馬腔，高陞共太平，同為抗日顯風骨，齊藉國粹奮民心」的主題。（《戰》劇導賞小冊子「序言」）青年導演和演員的技藝雖尚未成熟，那不打緊，經驗和演技可以逐步累積。只是「演後座談」裏導演葉萬莊說他是從「《歡樂滿東華》、夜半『扎醒』對着電視播映的粵語歌唱片」去認識粵劇的，這會不會產生錯誤切入口？但他的經驗卻很有代表性，最值得我們深思。

高陞、太平、戲班，確是很遙遠的東西，在光纖寬頻的急促世代，如何吸引青少年靜下來駐足散步？故人舊事、舞台鑼鼓，

如何把新一代拉過來為本土文化關懷體認？相信也是「致群人」的考慮。

　　享受了豐富的大半天，又貪心期待「文化落區系列」陸續有來。懷念小時候鑽進高陞、太平、中央、金陵、真光戲院的日子……

（原刊《信報》，2011 年 1 月 11 日）

張敏慧

劇評人，香港教育學院退休高級講師

歷史與戲劇之間——演後評論及其他

附一、《一年皇帝夢》
文學顧問的話

白耀燦

《一年皇帝夢》是香港話劇團紀念辛亥革命百周年全新創作的重頭戲。

辛亥革命，端的是中國近代的頭等大事：推翻了268年的滿清皇朝，結束了自秦以來二千多年的君主帝制，給自夏商周以來四千年一家姓氏一代皇朝的權力更迭循環劃上了句號……

走筆至此，「……」的省略號便自然而出。辛亥革命，真的「結束了」君主專制嗎？家天下的政治傳統真的「劃上了句號」嗎？

觀乎民國甫始，洪憲稱帝、張勳復辟、軍閥混戰、以至溥儀偽滿登基等亂局、醜劇，固然層出不窮，即使鉅學如康有為，依然矢志保皇；才智如辜鴻銘，仍舊一尾長辮；民間百姓，未識身份已改，脫不了奴才、蟻民心態。便知民心改造，非朝夕之事，封建幽魂，揮之不去，更何況坐擁權力者，欲更上層樓，圖攀權貴之巔，便是必然而非偶然的事了。

於是，當此辛亥百年難得機遇，當各式各樣緬懷、景仰革命壯舉的紀念活動紛陳，以陳敢權為藝術總監的香港話劇團，在重演《遍地芳菲》之餘，推出以袁世凱洪憲稱帝故事為題材的《一

年皇帝夢》，並由陳敢權親自執筆編劇，足見其歷史的識見，也是藝術上的不落俗套。

袁世凱是清朝滅亡極其重要的關鍵人物，沒有他迫令清室遜位，以革命黨當時的實力，何時成就大業還是疑問。辛亥百年的紀念，怎能沒他份兒？袁世凱是中華民國的第二任臨時大總統和第一任正式大總統，走向共和，怎能不談他？

紀念，慣性是紀功念績，以為垂世。但若少了反思，紀念還不是完全的。

袁世凱知兵，固無爭議，他尤其知機，歷次看準時局，便能順應時勢，扶搖直上。何以最後一擲，竟冒天下之大不韙，開歷史之倒車，變成為「竊國」的「民國罪人」？果真是英雄遲暮？為何會英雄遲暮？他又如何英雄遲暮？

劇名改得好：《一年皇帝夢》。「夢」，不單空幻，更是極其個人、私下、潛藏、甚至連自己也無從知曉、不能控制、甚或是意識以外的內心境界。袁世凱的夢是為何、如何編造出來？他的夢又為何、如何碎滅？

歷史是把過去的記下來。往者已矣，逝去如風，今天回望，只能查看記載，但記載總沒法完全，而記事的人，無論怎樣力求客觀，總有其取捨、立場和判斷。故此，單憑讀歷史去了解歷史人物，是無法得見人物的全貌和真像，更何況其內心？更何況其夢？所以歷史總有其空白處，戲劇裏的歷史人物，只要是有所根據，按乎情理，合乎邏輯，不失對歷史的尊重，箇中的藝術加工，便是填補歷史空白最合宜的創作，把平面的歷史人物塑造成立體的戲劇人物，那人物便更具血肉，因為戲劇直剖人心，而人心難測，多變、矛盾、掙扎是人性，也是戲劇的最引人入勝之處。

《一年皇帝夢》遊走在歷史和戲劇之間，在歷史的大環境下，交織着個人慾望、個人信念、治國抱負，下屬簇擁、群小喧鬧、親者蒙騙以至命數玄惑等等複雜因素。何真何假？孰輕孰重？何者才是夢的始作俑者？民初的混沌，有待歷史家來梳理；舞台上的夢，便得靠編、導、演和觀眾的共同經歷了。

　　最後，以辛偉強演袁世凱，捨歷史人物的矮胖定相，取戲劇人物的深沉老練，直指人物的內心，尤見《一年皇帝夢》的藝術膽識。

　　（原刊《一年皇帝夢》演出場刊，香港話劇團，2011 年）

附二、《一年皇帝夢》
遊走於歷史和戲劇之間

白耀燦

　　觀賞歷史劇，事前若能掌握有關的歷史知識，當然是好事，可是，歷史劇總不能只局限於有歷史修養的觀眾為對象，這固然不大可能，也非演劇的意義，歷史劇總得要面向普通的觀眾。

　　歷史劇引入大量的歷史材料是無可避免的。歷史資料龐雜，對普通觀眾來說是陌生的，雖然可以靠旁白或字幕來交代、介紹，但單靠旁白、字幕，固然令觀眾有所抽離，也給人一種「發放資料」、「報導訊息」的刻意感覺。話劇主要還得要靠角色的對白、台詞來引入大量的歷史材料。引入多少？如何引入？引入太多，會給人上歷史課的感覺；引入太少，又失卻歷史劇的歷史性。如何才能引入得宜？

　　那便要在合情合理的情況下、符合角色的身份、性格、心情，自然地、不刻意地把歷史材料融合在當時說話的情景當中，才能令觀眾在短時間內梳理不熟悉的人物關係，理解事件的來龍去脈，進而能投入劇情，產生共鳴。

　　袁世凱堪稱是中國近代新式軍隊之父，他的起家，由天津小站編練北洋六鎮開始。北洋軍成為了他最大的軍事實力和政治資本，北洋軍人如段祺瑞、馮國璋、趙秉鈞等成為他權力的最大伙

伴、心腹和嫡系。因着這些將領，袁世凱迫令清帝退位，也鎮壓了孫中山和國民黨軍人的「二次革命」，使他走上了權力的最高位；然而後來，也因着這些將領看清了形勢，及時轉向，反對帝制，把他從皇座的巔峰拉下馬來。

所謂「成也北洋，敗也北洋」，歷史如是，本劇的戲劇張力也如是。劇開始不久，便有一場北洋聚舊的戲，觀眾固然從他們的閒聊和受賞的笑談中，知道了北洋軍人的背景，認識了袁世凱原來享有「中國拿破崙」的稱譽，也聽聞了段祺瑞的「六不」作風。此外，或許也能從各人的吹捧和揶揄中，多少揣度出箇中的心計盤算。北洋軍人的戲份不多，卻在劇裏起了興滅的作用。下半段，先有趙秉鈞兔死狗烹的死前悲鳴，再有馮國璋以輕輕的一句「我病了」來拒絕發兵護帝的命令，然後是段祺瑞在冷冷而短倔的言詞中，在空空而凝重的氣氛下，向袁世凱逼棄帝位……歷史裏的北洋軍人在洪憲帝制中倒戈，成為了袁世凱下台的關鍵；劇裏的段、馮等人的叛離，也把袁世凱的皇帝夢重棒喝醒，而把對立的張力推向至高位。

段祺瑞和袁世凱這段最後角力的對話，不載於歷史，是戲劇「想當然」的藝術加工。「想當然」，是指在歷史的空白處作出「應如是」、「大概是」、「或許是」、「可能是」、「可以是」……的文學創作。既是加工，又是創作，當然是虛設的構想，卻來得合情合情合理，不至於、也不能說是與歷史不符。其事未必確切，其情卻是真實動人！

這樣，歷史和戲劇，便有了很好的揉合。

當然，歷史上趙秉鈞的中毒身亡是發生在 1914 年初，是「宋案」滅證之果；劇中把他的死挪後兩年，變成為「帝制」覆亡之

因，於歷史有所不符。但以趙之死來加強其他北洋軍人對袁世凱的戒懼，控訴性較強，人物較為鮮活，效果也較為簡明深刻。歷史與戲劇，孰輕孰重，有時無奈地是要有所取捨和割愛的。

歷史上，袁世凱帝制的成敗，北洋軍人的取態是大因素，在本劇裏，佔的篇幅不多。袁世凱家人對他皇帝夢的影響，歷史上是小因素，所載不多，所悉亦少，但在本劇裏，卻是戲的重點。這是歷史劇的取材和切入點的考慮，編劇陳敢權很聰明，選擇了歷史上的小因素來作戲劇上的大着墨，這樣，少了歷史的羈絆，發揮的空間便多了；以家入題，也來得較為親切和人性化。

難得的是，劇中的妻妾兒子，都是有所依據的真實人物，只不過記載中的袁世凱，共有一妻九妾、十七子、十五女，而劇裏只提及大、三、五、六、八和九姨太共六位妾侍，及長子克定與二子克文兩位兒子。這些人物，各具特性，都是有所根據，只要如實搬演，人物已夠豐富多姿，場面更是熱鬧紛陳。妻妾們為守家規和爭侍寵的吵鬧固然為嚴肅的政治題材灑下了活潑和富娛樂性的調和劑，而袁世凱援引整軍治國之道以入家規，亦見其開明、精明和條理的作風。長子克定是跛子，有乃父之風，性烈善妒，野心勃勃，不擇手段，改版「順天時報」以哄騙袁世凱完帝夢然後欲以長子承嗣，都是史有所載。且看劇末在結束前的一段重頭戲「其人之道」：

袁克定　（把心一橫）是假的。我花了三萬銀，每天專為老爹你造一份「只是給你一個人看」的報紙。

袁世凱　（大驚）給我一個人看的⋯⋯？

袁克定　還可記得爹爹你愛說的故事⋯⋯聽了那個故事之後，我就只知我要做拿尖錐的強者，而不當拿着手槍的

弱者。這種手法，我只是繼承父志，難道還有錯麼？可是，拿着手槍左搖右擺的弱者，卻是你呀！

袁世凱　你真是狼子野心！

袁克定　我只是以其人之道還自其人之身。還記得嗎？當初你迫清宮退位的時候，不同是這樣，印了假報紙每天往宮裏送，嚇得溥儀和隆裕太后晚晚睡不着覺，以為革命黨軍力浩大，已經兵臨城下，隨時會打進紫禁城⋯⋯那時你可沒有說過這是欺君賣國呀？

　　　　　⋯⋯

袁世凱　混蛋！我竟然這麼輕易受你們的欺騙！

袁克定　因為爹你心中有鬼，才會這麼輕易相信一切！因為這樣，你才只看到聽到你要看到聽到的，其他甚麼也不知道！

袁世凱　（用盡全力）人來！給我拿皮鞭過來！我要教訓這一個畜生！

袁克定　幹甚麼？你現在才要來演一場《打龍袍》嗎？你沒氣力了！

　　　　　（袁世凱企圖掌摑袁克定。他一手就把袁世凱推倒地上。袁世凱倒地痛苦呻吟。）

袁世凱　（伸手求救似的）我兒！

袁克定　爹？

袁世凱　你幫我⋯⋯

袁克定　你還有甚麼把戲我沒見過？你想殺了我嗎？你覺得我欺騙了你！是！我欺騙了你！夠氣力就抓把槍來殺我吧！

袁世凱　……我真想殺你！但是……我不會。

袁克定　為甚麼？

袁世凱　因為，你是我兒子！……因為……你……你太像我了！

　　　　……因為，這個時代，正是需要你這種人！

　　這段戲非常精彩，立體的人物和鮮活的語言，承載着適切的歷史性內容，迫壓出骨肉決裂的悲情，把袁世凱帝夢的幻滅刺上了最後最狠的一錐。梟雄末路的諷刺，莫過如是！「因為，你是我兒子！……因為……你……你太像我了！……因為，這個時代，正是需要你這種人！」這句話更是對時代的控訴！一錘定音，收筆千鈞！是歷史和戲劇揉合的典範。

　　可不要忘記另一位着力猶深的家人──六妾葉麗儕。六妾與二子克文的一段舊情自有其出處，她所愛的原是克文，卻拒對方的邀約遠走；她不愛的是已受眾叛親離、國人唾罵的「丈夫」袁世凱，卻願受辱長伴，甚而不惜割肉療夫（有何所據？暫不得知。）是消極的接受？是懦弱的屈從？還是不離、不棄、不背、不叛的愚忠？如果忠於這樣非所願的名份是「愚」，那麼為了戀攀自己的權欲而不惜多番背叛：背叛維新（向榮祿密告譚嗣同兵變計劃）、背叛清室（既接受總理大臣的臨危受命，旋即脅迫清帝退位）、背叛民國（破壞臨時約法、改總統制為終身制、改共和為帝制）的袁世凱，是否就是「智」者？這「智」與「愚」，孰高孰低？何者可取？或許，這是陳敢權超越了歷史和戲劇層面的求問了。

梁啟超與袁世凱的兩場戲，闡述了共和與君憲的兩個國體理念，對於普通觀眾而言，容或高深了一點，卻是任何演袁氏稱帝的戲都不能略去的情節，當中也給了機會讓劇中的袁世凱發表一些較為崇高的論述，使這個習慣上幾乎被定了型格的反面角色豐厚的人物質感。

於是，聰明大半生、知兵、知機的袁世凱，歷次看準時局，便能順應時勢，扶搖直上。何以最後一擲，竟冒天下之大不韙，開歷史之倒車，變成為「竊國」的「民國罪人」？是主觀的痴心妄想？是客觀的形勢使然？是權力欲的沖昏頭腦？是受群小包圍的唆擺蒙騙？是確認共和乃非中國之福的政治信念？是基於以皇威鎮弱國的治國藍圖？……金龍盤室之説、陰陽術數之言、祖墳紅光之傳，他會相信嗎？他願意相信嗎？他不能不相信嗎？

這是袁世凱的皇帝夢。「夢」，不單空幻，更是極其個人、私下、潛藏、甚至連自己也無從知曉、不能控制、甚或是意識以外的內心境界，非歷史所能記錄，惟憑編、導、演，還有觀眾，從藝術上作出「想當然」的解夢罷！

（原刊《一年皇帝夢》導賞手冊，香港話劇團，2011年）

後記

　　歷史求真，紀錄了過去的真相事實；戲劇言美，創作着無限的藝術空間。歷史與戲劇，如何結合？既真且美，能否並存？

　　東坡赤壁懷古，即地感興，先後寫了前後兩賦及念奴嬌詞，鑄就文學經典，千古傳誦。

　　東坡以黃州赤鼻磯為三國赤壁戰場，二者相距二百公里，不論是有意或無意，史之謬也，然而，情之真也！

　　情之真也，或許，這就是亞里士多德名句「詩比歷史更真實」的意義？

　　固然，歷史的任何著述，都不可能百分百重現當年真貌；可是，歷史的尊嚴，究也不容藝術空間作肆無約束的佔領。在歷史揉合戲劇的創作路上，我總是持守着對兩者的尊重：在掌握史料基礎上，投入我的戲劇想像。

　　這得由我與戲劇及歷史雙雙結緣說起。

　　且說中五畢業那年，我參加了學校惜別晚會的演出，劇組有同學為了提升效果，不惜從家裏搬來了名貴的擴音設備，演出前的晚上，大家放心不下，徵得校方容許，徹夜留宿禮堂，看守器材。那夜，我躺在舞台上，身體緊貼着台板，鼻孔的呼吸和脈搏的跳動與戲劇天地之間變得零距離：演員站於其上，進入角色，每一踏步，每一呼喚，感染着台下觀眾，台上台下，同喜同悲！

登時，神遊於戲劇世界的感覺，驀然而出，來得親切，來得直接，更且來得強烈！那個晚上，我就在台板上進入了夢鄉，從此與戲劇結下了逾半世紀的緣。

我成長於華僑家庭，祖父早年遠赴南洋謀生，刻苦創業，父親繼承事業，來港開枝，回國發展，長姊也於建國初年北上赴京，升讀大學，我便是在這樣的歷史氛圍下成長。進大學時，由於本地尚未有完善的戲劇課程，自然的歷史感驅使我選讀了歷史系，畢業後，也當上了歷史老師。然而，與戲劇的緣，一直伴隨。

及至 1995 年，致群劇社參加沙田戲劇節，要我寫一齣長劇，瞿秋白的題材便跳了出來。瞿秋白，中學課程鮮有提及，是我最敬愛的曾希穎老師引導我認識的，對我來說，他是第一個有溫度、有實感的歷史人物；曾師與秋白，當年留學蘇俄，是莫斯科大學的同期學友，二人滿有才情，胸懷使命，卻都逃不過政治的厄運。箇中的掙扎，歷史的誤會，比戲劇更戲劇……

數年後，在一次訪京考察教育的行程中，非常偶然地，認識了佘家守墓的傳奇故事，「忠義二字，信非文物，乃活見証！」心底裏歷史與戲劇的兩條弦素都給觸動了……

又數年，在中上環的斜路上，踏在革命遺址與儒商醫館交錯的探病途中，大時代的革命激流與維新細水的踫撞，在我心內怦然……

於是，看著「革命四大寇」的舊照，焦點便放在背後站立卻少人留意的「第五人」……；在緬懷舊日戲院的追憶中，構想了伶人風骨與男旦末落的兩線交織……

戲劇及歷史雙雙結緣，既偶然，也很自然；對雙方尊重的持守，更屬當然。

而這份持守，既有其變奏，亦自有其過程。

《瞿秋白之死》的人物情節，都着意緊守史實，依從年譜脈絡，不敢逾越，想的是：「讓歷史走進戲劇，從戲劇回歸歷史。」《袁崇煥之死》雖然構想了崇禎自縊時的夢魘，而《風雨橫斜》亦把不同事件湊合在同一個晚上發生，畢竟，歷史的真確，仍是神聖不容輕慢。

及至《斜路黃花》與《戰火梨園》，那就拋卻了「回歸」歷史的羈絆，主要角色都是創造的、虛構的，卻非憑空。實況考據的背後，人物的藝術原型與時代的氣息流轉，都在互相印証。

於是，一字的變奏，「讓歷史走進戲劇，從戲劇回歸歷史。」便改為「讓歷史走進戲劇，從戲劇回看歷史。」

林克歡老師在〈歷史的質感——從《斜路黃花》說開去〉一文中，精準地指出以歷史為題的戲劇作品的創作意義：「戲劇與歷史結緣，不是要將戲劇變成歷史著作，而是為了獲得深刻的歷史感。戲劇家的歷史省思，是為了創造性地想像現實發展的多種可能性。」

這樣，便敲定了《詩比歷史更真實？》的書名，這要多謝秉權兄的啟發。

拙作成書，還得要多謝偉力兄與漢明學姊多年來不捨的鼓勵和鞭策。

這書不只是劇本的結集，還收錄了二十篇文章，包括戲劇學者、史學教授、教育專家、劇壇精英、劇評人、文化工作者以至中學生等人的論述，都是當年對各劇演出的評論、回響，及歷史與戲劇之間關係的討論，或登載報刊，或專文賜教，或現場發言，都是極有份量，擲地有聲。事隔雖已多年，蒙各位厚愛，概允授權轉錄，大大豐富了本書的題旨，謹此表達至誠的謝意。

三長劇，兩短劇，悉由致群劇社製作演出，更是我在致群全人的培育、支持、鼓勵和傾力合作下的創作成果，這「三長兩短」，與致群密不可分，恩情銘感，又豈「三言兩語」所能盡吐？

最後，盧序進言，別具溫情厚意，往後年月，當常懷抱，俾作南針！

耀燦

2024 元月

有關劇本語言的簡單說明

　　香港的語文書寫，向以書面語為主流，公文如是，教學如是，考試要求如是，劇本寫作也如是，即使演出時台上說的是口語，演員大多習慣、甚或樂於把文本的台詞自行轉化。

　　後來，粵語書寫漸見普及，尤其是有關本地題材、本土情懷的作品，不少劇作者都喜歡直接以口語表達，角色的說話便來得更自然、更生動、更活潑、更見神韻。這大概是約定俗成了。

　　本書五劇，《瞿》劇、《袁》劇，寫作較早，題材也沒有地域的偏向，故沿用書面語。《風》劇、《斜》劇、《戰》劇，寫作較遲，也是本土題材，乃從口語下筆，然而只限於角色台詞，文本內其他說明，則仍用書面語表述。

　　這倒不能一概而論，不同作者，總有不同的偏好和習慣。

　　《風》劇和《斜》劇，其實是另備有書面語的版本。內子主修英文，也曾另為《斜》劇譯成英語。讀者如有興趣，可聯絡國際演藝評論家協會（香港分會）（電郵：iatc@iatc.com.hk），另作安排。

白耀燦